특	별	한	
		호	두

특별한 호두

서동찬 장편소설

㈜자음과모음

차
례

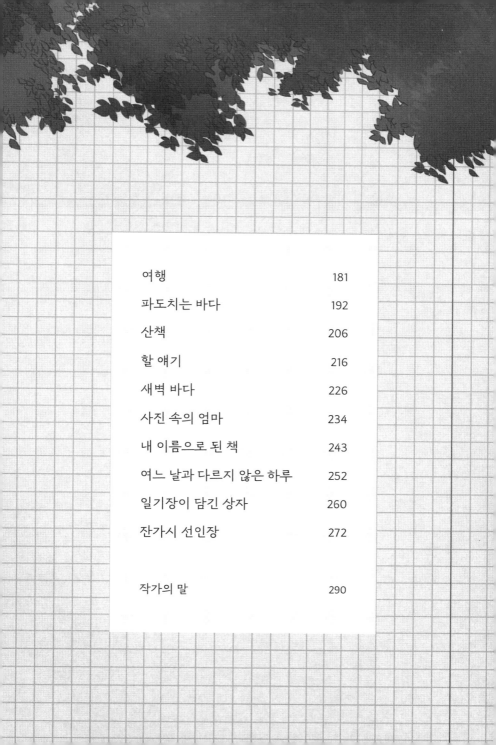

내 이름은 김호두

내 이름은 김호두. 어릴 때부터 워낙 놀림을 많이 받아 왔기 때문에 이젠 아무렇지 않은 이름. 아니, 오히려 좋다. 이름이 호두라, 다른 사람들은 이름이 이상하다는 것에만 주목하니까. 이름은 내 다른 면들에 비하면 평범하다고 해도 좋을 정도니까.

난 엄마가 없다. 날 낳고 얼마 지나지 않아 돌아가셨다고 한다. 무책임한 우리 엄마는 내 이름을 호두라 지어 놓고, 하늘나라로 가 버렸다. 여기까지가 내 특별한 점의 전부라고 생각한다면 오히려 다행이다.

학교를 마치고 돌아가는 길에 아이스크림을 하나 사려고 동네 슈퍼에 들어갔다. 처음에는 당장 먹고 싶은 아이스크림이 있어 그것만 살 생각이었지만, 결국 두 개를 더 사서 나왔다. 아무래도 두 남자가 신경이 쓰였기 때문이다.

중학교에서 보내는 첫 일 년을 지나는 중인 나는 두 명의 남자와 함께 산다. 이 남자들은 둘 다 자신이 내 아빠라고 주장한다. 이것이 바로 나의 가장 특이한 점이다. 누구에게도 쉽게 이야기하기 힘든, 나만의 특별한 점.

　어릴 때는 두 명의 아빠가 있다는 게 이상하지 않았다. 과일 가게를 하다가 얼마 전 동네에 조그만 카페를 개업한 아빠(난 이 아빠를 작은 아빠라 부른다)의 강력한 주장 때문에 유치원도 다니지 않았다. 그래서 다른 아이들에겐 엄마와 아빠가 한 사람씩 있다는 것조차 잘 몰랐다.

　하지만 초등학교에 입학한 뒤 내가 두 명의 아빠와 산다는 게 아주 이상한 일이라는 걸 알았고, 그 후에는 학년이 올라가고 반이 바뀔 때마다 어떻게 해야 조용히 넘어갈 수 있을까, 혹시 누가 알게 되진 않을까 조마조마하며 지내 왔다. 다행히도 엄마가 없는 대신 아빠가 둘이란 이야기를 해야 할 상황이 없었기도 했고, 강렬한 내 이름은 친구들의 관심을 호두과자라거나, 호두까기 인형 정도에 머물게 만들어 줘서 큰 어려움이 없었다.

　아이스크림 포장을 뜯어 한 입 베어 물었다. 아직 바람이 뜨겁진 않지만, 아이스크림이 이렇게 맛있는 걸 보니 곧 여름이 올 모양이다. 달콤한 맛을 음미하며 향하는 곳은 다른 아이들이 대부분 다니는 학원도 아니고, 집도 아니다. 앞에서 말한 작은 아빠가 운영하는 카페다. 카페에서 특별히 하는 것은 없다. 아주 바쁠 때는 일을 거들고 용돈을 조금 받기도 하지만, 보통은 그저 자리에 앉아 숙제나 하고 아빠가 하는 이야기나 듣고 있다가 같이 가게 문을 닫고 집으로 돌아간다.

카페에는 아르바이트를 하는 진규 형이 있다. 굳이 내가 일을 돕지 않아도 된다는 뜻이다. 물론 나도 일을 거들어야 할 만큼 아주 바빴던 때도 있었지만, 그건 카페를 오픈한 후 약 이 주뿐이었다. 외국계 대기업에 다니는 다른 아빠(난 이 아빠를 자연스레 큰 아빠라 부른다)는 오픈 특수가 이 주에 그치고, 영업 이익이 지금처럼 안 좋은 상황이라면 일찌감치 포기하라고 했지만 작은 아빠는 전혀 개의치 않았다. 무슨 뜻인지 정확히는 모르지만, 아마 곧 망할 거라는 이야기겠지. 아무튼 작은 아빠 때문에 난 하교 후에 늘 카페로 가야 한다.

두 아빠를 큰 아빠와 작은 아빠라 부르는 건 두 사람이 함께 있거나, 구분 지을 필요가 있을 때만이다. 두 사람을 따로 부를 필요가 없을 땐 그냥 아빠라고 한다. 이 호칭은 두 아빠 사이에 오랜 갈등을 만들었다. 이유는 내가 아주 어릴 때부터 아무렇지 않게 키가 큰 아빠를 큰 아빠라 불렀기 때문인데, 나이는 작은 아빠가 더 많아서, 작은 아빠는 그게 늘 불만인 모양이다. 그럼에도 호칭을 바꾸지 않은 건 내가 고집을 부리거나 의도해서는 아니다. 그냥 그게 입에 붙어 버린걸…….

두 아빠는 하는 일도 다르고, 생각하는 방식도 다르다. 두 사람의 의견이 같은 경우는 한 여자 배우를 볼 때뿐이다. 두 사람 다 TV를 보다가 그 배우가 나오면 눈을 떼지 않고 바라본다. 그 외에는 사사건건 부딪히기만 하는 통에 집이 조용할 날이 없다.

작은 아빠는 다혈질에 충동적인 성격이다. 그래서 이것저것 일을 벌이는 것은 작은 아빠의 몫이다. 그러고 나면 큰 아빠가 냉정히 평가하며 이런저런 조언을 한다. 그럼 작은 아빠는 전혀 듣지 않고 큰소리만 친다. 물론 결과는 대부분 큰 아빠의 말대로 된다. 하지만 그 결과를 책임지고 마무리 짓는 것 역시 작은 아빠라, 큰 아빠는 필요 이상으로 불평을 하거나 비난하진 않는다.

카페 앞에 도착해 통유리로 된 창을 통해 오늘은 손님이 어느 정도 있는지 확인한다. 그리 큰 가게는 아니지만 테이블이 여섯 개 있고, 나름 바도 있다. 하지만 지금 가게 안에는 바에 앉아 멍하니 천장을 올려다보고 있는 작은 아빠뿐이다. 역시 이번에도 큰 아빠의 말이 옳은가 보다.

가게 문을 열고 들어갔다. 작은 아빠는 깜짝 놀란 듯이 미소를 머금고 내가 서 있는 입구 쪽을 돌아보더니, 나와 눈이 마주치고는 이내 아쉽다는 눈빛을 보냈다.

"왔냐?"

"응."

"오늘 진규는 안 와. 집에 일이 있다고 해서 며칠 쉬라고 했어."

"알고 있어."

이미 어제저녁에 진규 형에게 들어 알고 있던 얘기다.

바를 돌아 들어가 냉장고 안에 두 개의 아이스크림을 넣고서 우유를 꺼내 컵에 따른다.

"그렇게 주구장창 우유 마셔 봤자 키는 더 안 큰다니까."

작은 아빠는 바에 오른팔을 얹고 턱을 괸 채로 날 보며 심드렁하게 말했다.

"클 거야."

"넌 아빠 닮아서 더 안 커."

"큰 아빠 닮을 거야."

"안타깝지만 생물학적으로 불가능해."

작은 아빠는 전혀 안타까워 보이지 않는 얼굴로 한쪽 입꼬리만 올려 밉살스러운 웃음을 띠었다. 하지만 두 사람이 딱 한 번 술에 잔뜩 취한 채 나누던 이야기를 우연히 들어 버린 나로서는 아주 불가능한 이야기 같지는 않다.

"학교에선 별일 없었냐?"

작은 아빠가 내가 들고 있던 우유를 달라고 손짓하며 물었다.

"별일 없어."

우유를 건네며 대답했다.

"괴롭히는 애 없지?"

"없어. 키 작다고 다 괴롭힘당하는 건 아냐."

작은 아빠는 우유를 한 모금 마시곤 웃으며 말했다.

"내 아들이 어디 가서 괴롭힘당할 거라고는 전혀 생각하지 않는데? 네가 누굴 괴롭히지 않느냐는 말이지."

"걱정 마셔."

"아무렴, 그래야지."

"오늘도 손님이 없네."

작은 아빠가 남은 우유를 순식간에 마시고는 바에서 일어나 기지개를 켰다.

"괜찮아. 조만간 벌 떼같이 모여들 테니까."

저 알 수 없는 자신감은 어디서 나오는 걸까?

분명한 건 아무것도 없지만, 여러 가지를 따져 봤을 때 작은 아빠가 내 유전자의 출처는 아닌 것 같다. 성격도, 외모도 닮은 데가 없다. 우리 둘 다 발바닥에 커다란 점이 있다는 것 말고는.

과학 시간에 아이가 만들어지는 과정을 배우고, 유전자가 뭔지 인터넷을 뒤져 보고 나서는 나에게 아빠가 둘이라는 사실에 적잖이 당황했다. 물론 거부감이 있었던 건 아니다. 날 때부터 이랬으니까. 그래도 궁금한 건 어쩔 수 없어서 아빠들에게 이것저것 물어봤다. 그때 아빠들은 두 사람이 어떻게 한꺼번에 내 아빠가 되었는지, 엄마는 어떻게 된 건지에 대해서는 이야기해 줬지만, 왜 두 사람이 모두 내 아빠일 수밖에 없는가에 대해서는 두루뭉술하게 넘어갔다.

엄마가 날 임신한 채로 심각한 병을 앓고 있었고, 그때 두 아빠가 각각 엄마로부터 아이가 생겼다는 연락을 받았다는 게 아빠들의 말인데, 애매한 게 한두 가지가 아니다. 두 사람 모두 자기가 진짜 아빠일 수밖에 없다는 근거를 드는 대신, 자기가 진짜 아빠라고 짧고 강하게 주장하기만 했다. 솔로몬 대왕이 있다면 누가 진짜 아빠인지 재판을 했겠지만, 너그러운 우리 할머니는 두 사람이 함께 날 키우는 데 동의했고, 그렇게 우리 세 식구는 함께 지내게 됐다. 그날 이후로 두 사람 다 그 이야기를 꺼낼 때마다 말을 돌리거나 자리를 뜨는 등 대답을 피하는 것처럼 보여서 더 물어보진 않았다.

손님 하나 없는 카페에서 혼자 커피를 내려서 홀짝거리는 작은 아빠를 쳐다보다가 가장 구석에 있는 테이블로 가 책을 폈다. 오늘도 숙제가 많다. 수학은 아무리 해도 잘 이해되지 않는다. 큰 아빠에게 시간이 더 있었다면 많이 배울 수 있을 텐데. 작은 아빠는 이런 쪽으로는 전혀 도움이 안 된다. 인수분해가 헷갈린다. 도대체 이런 건 왜 만들었을까? 사는 데 아무 도움도 안 되는 것 같은데 말이다. 일상을 사는 데는 사칙연산이면 충분한 거 아닌가.

그렇다고 내가 공부를 못한다는 것은 아니다. 주말뿐이긴 하지만 틈틈이 큰 아빠에게 과외도 받고 있고, 학원에 가지 않아도 예습과 복습은 빼먹지 않는다.

"무슨 공부하냐?"

어느새 커피 잔을 든 채로 내 옆에 선 작은 아빠가 물었다.

"수학."

"야, 그런 공부는 안 해도 돼."

안 그래도 하기 싫은데 옆에 와서 저런 이야기를 하는 이유는 뭘까.

"왜 수학 같은 걸 공부하고 그래. 아빠가 진짜 도움 되는 것들을 가르쳐 줄게."

맞은편 의자를 빼고 앉아 날 보며 웃음 짓는 작은 아빠.

"숙제라니까."

"숙제가 왜 있는지 알아?"

또 말도 안 되는 소리를 할 것이다. 작은 아빠가 저런 표정으로 날 볼 때면 백 퍼센트다.

"숙제는 너네 학교 선생님이 자신을 위해 내는 거야. 못 믿겠으면 직접 가서 물어봐. 선생님은 자기 직무를 충실히 수행하고 있단 걸 증명하고 싶은 거고, 숙제 안 해 온 학생을 혼내며 자신의 존재 이유를 찾는 거지. 거기에도 관심 없는 선생들은 귀찮게 숙제 같은 것 내지도 않아."

옆에서 뭐라 하건 듣지 않기로 했지만, 사춘기를 겪고 있는 내 귀엔 왠지 그럴싸하게 들렸다.

"그러니까 안 해도 돼. 지금 너에게 필요한 건 숙제가 아니라, 어떻게 하면 인생을 좀 더 아름답게 살 수 있을지를 찾는 거야."

"그러려고 공부하는 거잖아."

14

"아니지. 공부는 그냥 다들 하니까 하는 거야. 진짜 자신의 인생을 아름답게 살고자 하는 사람은 그런 식으로 공부하지 않아. 넌 공부를 왜 하는데?"

"그야…….'

'딱!' 하고 대꾸할 말이 떠오르진 않았지만, 무슨 말이라도 해야 할 것 같아 머릿속을 더듬어 대답했다.

"공부 잘해서 좋은 대학 가고, 좋은 대학 나와서 좋은 직장 갖고…….'

"좋은 직장은 어딘데?"

"돈 많이 주는 대기업?"

"그것 봐. 그렇게 살면 아름다운 인생이 될 것 같아? 가장 가까운 곳에 있는 진욱이를 봐. 그 녀석 인생의 어디가 아름다워 보이냐?"

진욱은 큰 아빠의 이름이다. 큰 아빠가 다니는 회사는 이름만 대면 다들 알 정도로 유명하고, 돈도 많이 준다. 그래서 그런지 큰 아빠는 퇴근 시간이 늦을 때도 있고, 집에 있을 때도 몹시 피곤해 보인다. 하지만 좋은 차를 가지고 있고, 작은 아빠와는 다르게 주변 사람들도 큰 아빠를 부러워하는 눈빛으로 쳐다보며, 그냥 봐도 멋있다. 그 정도면 충분히 아름다운 인생 아닌가?

"아름다운 거 같은데?"

"그건 겉보기만 그런 거야. 못 믿겠으면 직접 물어봐."

작은 아빠가 늘 하는 소리다. 못 믿겠으면 직접 물어보라는 말. 반은 진짜로 물어보지 못할 걸 알아서고, 반은 자기 말에 자신이 있어서다.

"그러니까 지금 쓸데없이 숙제한답시고 그러지 말고……."

작은 아빠는 몸을 틀어 창밖을 가리키며 말했다.

"밖으로 나가서 세상을 경험해야지. 넓은 세상은 책 속에 있지 않아."

"책 속에 답이 있다고 했어."

"누가 그래?"

"몰라. 어디서 봤어."

"그래, 뭐, 책 속에도 뭔가 있긴 하겠지만, 직접 몸으로 부딪히고 느끼는 거랑은 전혀 다른 얘기지. 머리로만 알고 있으면 막상 그 상황이 닥쳤을 때 바로 반응하질 못하게 된다니까."

"그래서 뭐, 지금 뛰쳐나가서 뭐라도 하라는 거야?"

"바로 그거지. 저 맞은편 빵집에 예쁜 누나 보이지?"

빵집은 보이지만 그 안에 누가 있는지까지는 보이지 않았다. 내가 무슨 몽골인도 아닌데 어떻게 알아본단 거야.

"저기 빵집 가서 단팥빵 두 개 사고, 남자 친구 있는지 좀 물어보고 와."

"뭐?"

"중요한 일이라서 그래. 아빠가 아는 사람이 저 누나 연락처가 꼭 필요하거든. 근데 일단 남자 친구가 있는지부터 알아야 할 거 아냐. 번호는 아빠가 알아볼 테니까 넌 가서 남자 친구 있는지만 물어보고 와."

이 남자는 지금 거짓말을 하고 있다. 누가 봐도 눈에 사심이 가득하다. 어떻게 아들한테 이런 걸 시킬 수가 있지?

"싫어."

"넌 아빠가 뭘 시키면, 아니 부탁하면 이 정도는 해 줄 수도 있는 거 아니냐? 뭐 대단한 것도 아니고 바로 요 앞에 빵집……."

작은 아빠가 갑자기 말을 멈추고 창 쪽을 빤히 쳐다봤다.

"뭐야?"

작은 아빠는 뭐에 홀린 것처럼 창가로 가더니 창틀에 놓인 화분을 집어 들었다. 그러곤 빈 화분을 이리저리 살피며 인상을 잔뜩 찌푸렸다.

"이거 왜 이래?"

"뭔데?"

"여기 있던 선인장 어디 갔어?"

"어?"

작은 아빠 옆으로 가 손에 들린 빈 화분을 살펴봤다. 큰 아빠가 카페 오픈 때 사 온 선인장 화분이다. 그때 작은 아빠는 쓸데없는 선물이라며 뾰로통했었다. 이왕이면 실질적으로 도움이 되는 걸로 사 오지 화분이 뭐냐면서.

"누가 가져갔나?"

내 말에 작은 아빠는 황당하다는 듯 날 쳐다봤다.

"아니, 이걸 왜 가져가? 그래, 가져갔다고 쳐. 근데 왜 화분은 놔
두고 선인장만 쏙 빼 가?"

"나야 모르지."

"훔쳐 갈 거면 화분을 통째로 가져가든가. 여기 있던 선인장은
가시도 있어서 뽑아 가기도 쉽지 않을 텐데 이걸 왜 뽑아 가?"

"그러니까, 나도 모르지."

작은 아빠는 어이가 없다는 듯 계속 고갤 갸웃거린다.

"아빠가 계속 저거 왜 가져왔냐고 구박하니까, 자기 발로 나간
걸지도 몰라."

작은 아빠가 굳은 얼굴로 한참 동안 날 빤히 보다가 고갤 흔들
었다.

"아니, 그럴 리가 없잖아."

설마 진짜 그럴지도 모른단 생각을 한 건 아니겠지.

"이거 보통 일이 아닌데?"

"그냥 선인장이 없어진 것뿐인데, 뭘."

"선인장 도둑이라……. 이건 보통 일이 아니야."

심심하던 차에 작은 아빠의 호기심을 자극하는 일이 생긴 것
같다. 눈을 반짝인 작은 아빠는 다급히 계산대 뒤쪽의 조그만 방
으로 들어갔다. 그 후로 꽤 오랫동안 아무 기척이 없어 방으로 가

보니 아빠는 모니터에 얼굴을 가져다 대고 CCTV 영상을 보고 있었다.

"그거 함부로 보면 안 되는 거 아냐?"

"내 가게니까 괜찮아. 누굴 보여 주는 게 문제지. 이거 봐, 이거. 이놈이야, 이놈."

방금 누구에게 보여 주는 게 문제라고 했으면서, 작은 아빠는 곧바로 화면을 가리키며 내게 보라고 했다. 화면 속엔 모자 쓴 사람이 가게 창으로 다가와 잠시 서 있다 사라지는 모습이 보였다.

"그냥 서 있다 가는 걸 수도 있잖아. 잘 보이지도 않는걸."

실제로 카메라 각도 때문에 모자 쓴 사람이 뭘 하고 있는 건지는 보이지 않았다.

"어젯밤에 이쪽으로 온 건 이 사람뿐이야. 확실해, 이놈이야. 잡았어."

"그렇다고 해도 검은 모자에 평범한 티셔츠, 청바지 차림인데 어떻게 찾으려고?"

작은 아빠는 잠시 또 내 얼굴을 빤히 쳐다본다. 그러다 살짝 고개 갸웃하더니 다급히 방 밖으로 뛰쳐나가며 말했다.

"범인은 반드시 사건 현장으로 돌아온단 말이 있지."

밖으로 나오니 아빠는 그새 가게 창 앞에 의자를 끌어다 놓고 앉아 있다.

"거기서 하루 종일 지키고 있겠다는 거야?"

"그래. 분명히 다시 올 거야."

저럴 때 보면 도저히 어른이라고 생각되지 않는다.

절로 나오는 한숨과 함께 고갤 흔들고 다시 구석 테이블 자리에 앉았다. 어쨌든 숙제는 마무리해야 하니까. 무슨 소린지 봐도 봐도 알 수 없는 기호들과 숫자들 사이에서 헤매다 고갤 들어 보니 작은 아빠는 여전히 창밖에 시선을 고정한 채 눈으로 레이저를 쏘아 대고 있다.

딸랑!

문이 열리고 한 커플이 가게 안으로 들어왔다.

"어서 오세요."

작은 아빠는 여전히 시선을 밖에 둔 채 엉거주춤한 자세로 인사를 하더니 게걸음으로 계산대로 향했다.

"주문하시겠어요?"

작은 아빠는 시선을 거두지 않고 말하다 한참 만에 천천히 고갤 돌려 정면의 커플을 쳐다봤다. 아빠가 주문을 받는 동안 책 뒤편의 답지에서 정답을 확인해 봤다. 답은 당연히 틀렸고, 풀이 과정을 봐도 무슨 말인지 이해가 안 된다.

"호두야."

고갤 들어 보니 아빠가 계속 밖을 힐끔거리며 내게 다급히 손짓하고 있다.

"와서 아이스티 좀 만들어."

"나 지금 숙제하고 있잖아."

작은 아빠는 눈썹을 팔자로 만들고 창가 쪽을 한 번 가리키더니 입술을 내밀었다.

"알겠어."

펜을 놓고 계산대 안쪽으로 들어가 아이스티를 만들었다. 물에다 가루를 타고 섞은 뒤 얼음이 든 컵에 붓기만 하면 되는 간단한 작업이다. 그러니까 내게 시키는 거지.

아이스티를 계산대 위에 올려놓고 다시 자리로 돌아왔다. 작은 아빠는 커피까지 챙겨 커플이 앉아 있는 테이블에 내려놓더니 갑자기 소리쳤다.

"호두야, 가게 좀 봐!"

"뭐?"

아빠는 뭐라도 발견한 듯 대답도 없이 카페 밖으로 뛰쳐나갔다. 그렇게 창가만 뚫어지게 보더니, 진짜로 찾았나?

어쩔 수 없이 계산대 쪽으로 가 창밖으로 고갤 돌렸다. 전력으로 달려가는 작은 아빠의 뒷모습이 골목 안으로 사라졌다. 테이블에 앉아 있던 커플은 상황을 파악하려는 듯 고개를 두리번거리다 나와 눈이 마주쳤다. 어깨를 으쓱해 보이자 커플은 동시에 서로의 얼굴을 보더니 자기들끼리 쑥덕거리기 시작했다.

계산대에 앉아 멍하니 창밖을 보고 있자니 주머니에 넣어 둔 휴대전화가 울렸다.

"여보세요."

"응, 호두야. 별일 없지?"

큰 아빠의 차분한 목소리에 마음이 편해지는 기분이다.

"아니. 작은 아빠가 또 이상해."

"왜? 또 무슨 사고 쳤어?"

큰 아빠가 아무렇지 않게 '또'라고 하는 걸 보면 작은 아빠가 어떤 사람인지를 알 수 있다.

"작은 아빠가 사고 친 건 아니고, 카페에 아빠가 사 온 선인장 화분 있잖아, 거기서 누가 선인장만 쏙 빼 갔어."

"응? 어떻게?"

"몰라. 아무튼 그거 보더니 누가 훔쳐 갔는지 범인 잡겠다고 막 난리야. 지금도 범인 잡는다고 나만 남겨 두고 나갔어."

"어휴."

큰 아빠는 잠시 어떤 상황인지 생각하는 건지 조용하다가 아무렇지 않게 말을 이었다.

"작은 아빠는 그러라고 두고, 이따 저녁에 아빠랑 규카츠 먹으러 갈래?"

"규카츠? 그게 뭐야?"

"소고기 튀긴 건데, 맛있어. 얼마 전에 갔던 맛있는 집이 있거든. 아빠가 일 끝나고 가게로 갈게."

"알겠어."

전화를 끊고 고갤 돌리니 날 빤히 보고 있던 커플이 다시 쑥덕
대기 시작했다. 그나저나 아빠는 어디까지 갔길래 아직 코빼기도
안 보이는 걸까. 창가 쪽을 보자 익숙한 실루엣이 지나가다 가게
안으로 쑥 들어왔다.

"안녕하세요."

"응. 아빠는 안 계셔?"

근처 부동산 아저씨다. 작은 아빠와 또래로, 둘은 어쩐지 죽이
잘 맞아 평소에 자주 수다를 떠는 사이다.

"잠깐 나가셨어요."

"에헤이, 애한테 가게를 맡기고 어딜 그렇게 싸돌아다녀."

아저씨는 입맛을 다시더니 날 빤히 보다 손을 들어 보인다.

"이따 다시 올게."

"네, 안녕히 가세요."

아저씨의 볼일이 아빠였는지 커피였는지 모르겠지만, 지금은
둘 다 얻을 수 없긴 하다. 난 커피를 내릴 줄은 모르니까.

잠시 후 테이블을 차지하고 속닥거리던 커플마저 돌아가고, 가
게엔 나 혼자 남았다. 한동안은 손님도 없어 테이블에 뒀던 수학
책을 계산대로 들고 와 숙제를 마무리했다. 어찌어찌 다 풀긴 했
는데, 여전히 이해가 되진 않는다.

책을 덮고 한참 휴대전화를 만지작거리고 난 뒤에야 땀에 흠뻑
젖은 작은 아빠가 돌아왔다.

"하, 거, 분명히 있었는데."

"못 잡았어?"

"빠르네. 분명히 보고 쫓아갔는데."

아빠는 땀으로 젖어 버린 옷을 퍼덕거리며 에어컨 앞으로 가 땀을 식히면서 말했다.

"아니, 내가 분명히 지나가는 걸 봤거든? 그래서 쫓아가다가 골목 딱 꺾고 나니까 갑자기 없어진 거야."

"응? 여태까지 계속 쫓아간 것 아니었어? 골목 돌자마자 없어진 거면 왜 이렇게 오래 걸렸어?"

"사람이 갑자기 사라질 리가 없잖냐. 그럼 분명히 그 근처에 있다는 얘기니까, 이 주변 싹 돌아다니면서 그놈 찾아다녔지. 그 김에 혹시 내 선인장 어디 심어 놓은 건 아닌가 찾기도 하고."

참 대단한 사람이다. 영업 중인 카페에 나 혼자 남겨 두고 저렇게까지 선인장 하나에 진심일 수가 있다니.

"하, 근처를 다 돌아다녔는데도 안 보이네. 어디 멀리서 작정하고 온 놈인가."

"상식적으로 그거 하나 훔치겠다고 멀리서 여기까지 올 리가 없잖아."

"세상에 상식적이지 않은 일이 얼마나 많은지 알아? 상식으로 돌아가는 세상이면 법이 왜 있냐."

아빠는 계속 옷을 펄럭거리며 이마에 흐르는 땀을 연신 닦아

냈다.

"맞아, 아까 큰 아빠한테 전화 왔었어."

"진욱이? 왜?"

"이따 저녁 먹으러 가기로 했어."

"오늘? 안 돼. 동네 장산데 자꾸 가게 문 닫으면 안 좋아."

"뭐래, 아빠는 아냐. 나랑 큰 아빠만 가는 거야."

"응, 그래."

아빠는 잠시 고개를 끄덕거리더니 다시 내 쪽으로 고개를 홱
돌렸다.

"뭐? 이 치사한 것들이 둘이서만 맛있는 거 먹으러 가려고?"

"아빠도 아빠 입으로 그랬잖아. 가게 문 닫으면 안 된다고."

"아니, 그러니까 오늘 안 가도 되잖아."

"몰라. 그리고 아까 부동산 아저씨도 왔었어."

"어? 석철이? 왜?"

"몰라. 아빠 없다고 하니까 다시 온다면서 갔어."

"그래, 맞아."

아빠는 좋은 생각이 났다는 듯 눈을 반짝거리며 카페 문을 향
해 가다가 멈췄다.

"전화로 하자, 전화로."

아빠는 다시 에어컨 쪽으로 가 자릴 잡더니 주머니에서 휴대전
화를 꺼내 전화를 걸었다.

"어, 석철이냐? 지금 카페로 와 봐."

전화를 끊고 기분 좋은 듯 웃는 아빠. 저 단순한 사람. 조금 전까지 자기 빼놓고 밥 먹으러 간다고 화내더니, 또 무슨 생각이 떠오른 건지는 모르겠지만 금세 저렇게 좋아하고 있다.

"아까 오니까 없던데, 애 혼자 두고 어디 갔다 왔어?"

부동산 아저씨가 기다리고 있었다는 듯 카페로 들어왔다.

"야, 이리 와 봐."

아빠는 반가운 손님이라도 온 것처럼 아저씨를 끌고 계산대 앞으로 오더니 말했다.

"너, 사람들 방 보여 주러 다니잖아. 이거 좀 봐."

아빠가 휴대전화 화면을 가리켰다. 얼굴을 화면 가까이 가져다 대는 부동산 아저씨를 따라 나도 얼굴을 들이밀었다. 화면에는 카페 개업 때 찍은 사진이 있었고, 아빠의 손가락은 구석에 있는 선인장 화분을 가리키고 있었다.

"이거, 내가 도둑맞은 거거든? 혹시 방 보러 갔다가 있으면 연락 좀 해 줘."

"뭐?"

부동산 아저씨는 어이가 없다는 듯 아빠를 쳐다봤다.

"너처럼 자연스럽게 남의 집 들락거릴 사람이 없잖냐."

"시끄러. 헛소리하지 말고 아메리카노나 한 잔 줘."

"아니, 헛소리가 아니고 나 지금 진지해. 어? 좀 자세히 봐 봐.

내가 이 사진 보내 줄 테니까……."

"아, 그래그래, 알았으니까 아메리카노 하나 줘, 빨리. 아이스로."

부동산 아저씨는 귀찮다는 듯 대충 손을 휘휘 저으며 아빠의 등을 떠밀었다. 도대체 왜 저렇게 사소한 것에 집착할까. 평소엔 엄청 대범한 것처럼 행동하면서 말이다.

"진짜 꼭 찾아봐야 된다, 너."

"아이, 얼른 아메리카노 달라니까. 나 지금 문 열어놓고 그냥 왔어. 빨리 줘."

두 사람은 각자 자기 할 말만 하면서 이상한 대화를 이어가고 있다. 작은 아빠가 계속 선인장을 꼭 찾으란 얘기를 하며 커피를 내릴 때, 문이 열리고 큰 아빠가 들어왔다.

"어, 왔냐?"

"장사 참 잘되네. 손님도 있고."

"그래, 잘된다. 어쩔래."

작은 아빠는 코 평수를 잔뜩 넓히며 턱을 치켜들고 말하더니 아메리카노를 부동산 아저씨에게 건넸고, 아저씨는 컵을 받아 든 뒤 손가락으로 혀를 찍고 웃으며 가게 밖으로 나가 버렸다.

"뭐야, 외상이야?"

"어차피 바로 옆 부동산 놈이라 어디 안 가."

"그래, 뭐, 네 가게니까 너 알아서 해."

큰 아빠는 한숨을 푹 쉬더니 내 쪽으로 고갤 돌렸다.

"오늘 숙제는 없어?"

"다 했어. 근데 어려워. 무슨 말인지 하나도 모르겠어."

"그래? 어떤 게 어려워?"

"이거."

난 카페에 온 후로 계속 붙들고 있던 페이지를 펼쳤고, 큰 아빠는 살짝 고갤 갸웃하며 보더니 이내 끄덕이며 말했다.

"이거? 그래, 어려울 수 있지. 이따 밥 먹고 아빠가 가르쳐 줄게. 일단 밥 먹으러 가자."

"야, 너네끼리 치사하게 이럴 수 있어?"

작은 아빠가 기다렸다는 듯 소릴 쳤다.

"어쩔 수 없잖아. 호두 굶길 거야?"

"같이 먹으면 되잖아."

"가게 문 닫게? 이 시간에?"

"아니, 그러니까……."

"가게나 잘 지켜. 이따 집에서 봐."

큰 아빠는 더 이상 할 얘기 없다는 듯 손을 내젓더니 내게 어서 오라는 듯 손짓하곤 카페 밖으로 나가 버렸다.

"하여간 저거 맘에 안 들어. 형님한테 꼬박꼬박 반말에, 말대꾸에……. 호두 넌 저런 거 배우면 안 돼."

"갔다 올게. 집에서 봐."

작은 아빠에게 손을 흔드니 아빠는 마지못해 손을 흔들었다. 카페를 나와 건물 앞에 서 있는 큰 아빠의 차에 오르자, 아빠는 내게 안전띠를 매 주고 시동을 걸었다.

"학교 공부 잘 모르겠으면 학원 다닐래?"

"작은 아빠가 또 안 된다고 할 텐데, 뭘."

중학교에 진학하면서 학원을 다니고 싶다고 했었다. 특별히 성적이 걱정된다거나 공부가 하고 싶어서는 아니었다. 친한 친구들은 모두 다른 학교로 가 버렸고, 그 친구들과 만날 수 있는 곳이 학원이라서 가고 싶었던 것뿐이다. 하지만 작은 아빠는 아직 학원보다는 바깥에서 배울 게 많다며 강력히 반대했고, 결국 작은 아빠의 뜻대로 학원은 다니지 않기로 했다.

"작은 아빠는 설득하면 돼. 공부하겠다고 하면 작은 아빠도 별말 안 할 거야."

"괜찮아."

학교생활을 하다 보니 학원에 가서 초등학교 때 친구들과 어울리고 싶다는 생각은 점점 사라졌다. 그렇다고 새 친구들이 많이 생긴 건 아니지만.

"오늘 학교에선 별일 없었어?"

"응, 학교야 늘 똑같지."

"이제 중학교 생활엔 적응이 좀 됐어?"

"모르겠어."

아빠는 천천히 운전대를 움직이면서 내 표정을 한 번 살피더니 다시 물었다.

"초등학교랑은 확실히 다르지?"

"응, 더 재미없어."

"하하. 그래. 아빠는 대학원까지 나왔는데도 학교가 재밌었던 적은 한 번도 없어."

"그래도 엄마는 대학원 다닐 때 처음 만났잖아."

"그랬지."

아빠는 잠시 말을 멈췄다가 다시 이었다.

"그래서 학교가 더 재미없었어. 엄마랑 놀고 싶은데 학교에 가서 수업도 듣고, 일도 하고 그래야 했으니까."

"학교에서 일도 해?"

"그럼. 대학원생은 일도 해. 공부도 하고, 수업도 듣고, 논문도 쓰고, 교수님 수업 준비도 돕고, 연구실 일도 해야 하고. 이래저래 할 일이 엄청 많아. 그러니 학교가 얼마나 싫었겠어."

자동차는 조금씩 속도를 내고 있었고, 아빠는 뭔가를 생각하는 것 같더니 날 흘끔 보며 말했다.

"친구들은 어때? 친한 친구들이랑 다 흩어져서 아쉽겠지만, 그 덕분에 다른 친구들을 더 많이 사귈 수도 있는 거잖아. 아직 친해진 친구 없어?"

"응, 아직은 잘 모르겠어."

잠시 우리 반 애들을 한 명씩 떠올려 보고 이어 대답했다.

"다른 애들은 자기들끼리 벌써 친하니까, 그 사이에 끼어들기도 그렇고."

"그냥 끼어들면 되지. 재밌는 이야기 하고 있으면 나도 같이하자, 하고."

"응."

대답은 했지만 아무래도 그런 건 잘 안 된다. 이미 친하게 잘 놀고 있는 아이들 사이에 섞여 들어가는 게 어렵다. 그렇다고 지금 학교생활이 크게 힘들다거나 괴롭다는 건 전혀 아니다. 그냥 그렇다는 거지.

"사실 아빠도 그래. 별로 안 친한 사람들 앞에서 웃고 떠들고 아무렇지 않게 말 걸고 그런 것 잘 못하거든. 아무래도 우리 호두가 아빠 닮아서 그런 거 잘 못하나 보다. 아빠가 미안하네."

아빠는 웃으면서 내 머리를 헝클어트리곤 다시 운전대로 손을 옮겼다. 큰 아빠랑 나랑 닮은 점이라면……. 이것 역시 딱히 떠오르지 않는다. 고작해야 우리 둘 다 곱슬머리라는 것 정도.

두 아빠는 늘 아무렇지 않게 자기를 닮아서 내가 어떻다고 하지만, 그 이야기를 들을 때마다 난 두 아빠 모두와 별로 닮은 점이 없는 것 같다는 생각만 든다.

"그래도 지나고 보면 어느새 친구도 생기고, 학교생활도 잘하게 되고 그렇게 되더라. 학교에서 해야 될 일들 잘하고, 공부도 열심히 하고, 그러다 보면 금방 친구도 생길 거야."

"응."

항상 다정하게 말을 걸어 주는 큰 아빠지만 어쩐지 큰 아빠에
겐 아무 이야기나 다 털어놓기가 쉽지 않다. 불편하다는 건 아니
다. 이유는 모르겠지만 그냥 말이 잘 안 나온다. 작은 아빠와 다르
게 어른 같아서 그런가.

우리가 탄 차는 한 쇼핑몰의 지하 주차장에 도착했고, 난 아빠
를 따라 엘리베이터를 타고 사람들이 잔뜩 있는 시끌시끌한 식당
가에 이르렀다. 아빠는 내 어깨에 손을 올린 채로 여러 식당을 지
나 간판에 휘갈겨 쓴 영어가 적힌 매장 앞에 멈춰 섰다.

"예약하셨어요?"

"예, 남궁진욱이요."

입구에 놓인 조그만 표지 앞에 선 누나가 휴대전화 같은 기계
를 조금 만지더니 이내 웃으며 아빠와 나를 번갈아 쳐다보고는
말했다.

"안쪽으로 들어가실게요."

앞장서서 걸어가는 누나를 따라 아빠와 함께 구석진 테이블에
자리를 잡고 앉았다. 아빠는 테이블 위에 놓인 메뉴판을 들어 펼
치며 날 보고 말했다.

"이거 보고, 먹고 싶은 거 시켜. 아빠는 여기서 규카츠 먹어 봤
는데 맛있더라."

메뉴판을 보니 아빠가 말한 규카츠란 음식이 제일 먼저 나왔다. 분홍빛 고기와 그 주변을 감싸고 있는 튀김옷을 보니 맛있어 보이긴 했다. 메뉴판을 넘기며 돈가스 같은 익숙한 음식들을 보고 나니 안 먹어 본 규카츠란 게 궁금해졌다.

"규카츠 먹어 볼래?"

"응."

아빠가 손을 들자 금세 근처에 있던 종업원이 다가왔고, 아빠는 능숙하게 주문을 했다.

"음료수도 마실래? 콜라? 사이다?"

"아무거나."

"콜라도 두 개 주세요."

"네."

종업원이 멀어져 가자 아빠는 심각한 얼굴로 휴대전화를 잠시 보다 테이블 위에 놓더니 날 보며 웃었다.

"배 많이 고프지?"

"조금."

내 얼굴을 빤히 보던 아빠가 살짝 고개를 갸웃했다.

"무슨 고민 있어? 표정이 별로 안 좋은 것 같은데?"

"아니, 그냥."

아빠는 얼굴에 웃음을 띠며 말했다.

"넌 이런 건 엄마를 닮아서, 기분이 얼굴에 다 드러난단 말이지."

"아니야."

"뭔가 불편한 게 있는 것 같은데?"

딱 꼬집어 무엇이 불편하다거나, 기분이 안 좋다거나 그런 건
아니다.

"그냥, 학교 생각도 나고 그러니까."

"왜? 수학 같은 게 따라가기 어려워서?"

"그것도 그렇고."

"그럼, 친구가 아직 별로 없어서?"

"그것도……. 근데 친구가 아예 없는 건 아니야. 내 자리 근처
애들하고는 쉬는 시간이나 자습 있을 때 이야기도 하고 그래."

"그럼 잘 못 어울리고 있는 것도 아니네. 친구도 생긴 거고."

아빠가 괜찮다는 듯 고개를 끄덕거리며 말했다.

"아직 덜 친해서 좀 불편할 수도 있겠지만, 지내다 보면 금방 친
해지고 그러는 거야."

"그치, 알아. 그냥, 좀 생각이 많아."

아빠는 내 말이 재밌는 듯 웃는 얼굴이다.

"우리 호두, 무슨 생각이 그리 많을까?"

"모르겠어. 그냥 이런저런 생각이 많아, 요즘. 학교에서도 집에
서도 늘 생각이 많아서……. 내 뒷자리 애는 아예 나한테 생각이
라고 해."

"어? 생각이라고 한다니 그게 무슨 말이야?"

"별명 말이야. 날 부를 때 '생각'이라고 불러."

"아."

큰 아빠는 내 얼굴에 기분이 금방 다 드러난다고 했지만, 진짜 표정이 많은 사람은 큰 아빠다. 평소엔 무표정한 얼굴이지만, 일단 이야기를 시작하면 표정이 시시각각 바뀐다. 내 별명 이야기를 들은 지금도 순식간에 여러 표정이 얼굴 위로 막 스쳐 지나가더니 마지막엔 미소를 띤 채 말했다.

"별명이 생각이라니, 엄청 철학적이다. 그 친구도 평범하진 않을 것 같은데?"

"모르겠어. 반에서 좀 노는 애들이랑 잘 어울리는 것 같기도 하고. 되게 여기저기 다 말 걸고 다니는 스타일이야."

"음……."

아빠는 뭔가를 곰곰이 생각하는 것 같더니 조심스럽게 말을 이었다.

"그래, 너무 노는 애들이랑은 거리를 좀 두는 것도 좋지. 그 친구들이 나쁘다는 게 아니라, 그런 친구들과 어울리면 호두가 진짜 하고 싶은 것, 진짜 되고 싶은 것을 찾기가 어려워질 수 있거든. 그렇다고 너무 선 긋고, 말도 안 하고 그럴 필요는 없어. 두루두루 다 친하게 지내면 좋지. 너무 쉽게 사람을 판단하는 것도 안 좋은 거거든. 아직 어떤 애인지는 모르는 거니까, 호두도 다른 애들 잘 지켜봐. 사람을 관찰하는 건 여러모로 도움이 되기도 하고,

생각보다 되게 재밌어.”

“알겠어.”

아빠가 무슨 말을 더 하려 할 때 종업원이 큰 접시 두 개와 조그만 그릇에 담긴 단무지와 김치를 테이블에 내려놨다. 접시에 담긴 규카츠는 아까 메뉴판에서 본 사진과 크게 다르지 않은 모양이었다.

“먹자.”

아빠는 먼저 도착한 캔 콜라를 따 내 앞에 놓인 컵에 따르고 내 얼굴을 보고 있다. 일단 규카츠 한 점을 집어 먹었다.

“어때?”

“맛있어.”

“그치? 많이 먹어.”

“응.”

아빠는 그제야 앞에 놓인 젓가락을 집어 들고 밥을 먹기 시작했다. 사실 대단히 맛있는 음식인지는 잘 모르겠다. 그냥, 나쁘지 않은 정도. 무슨 특별한 맛이 느껴진다고 하긴 어렵다. 집으로 바로 가도 되는데 굳이 여기까지 데리고 와 준 아빠가 저렇게 보고 있으니 맛있다곤 했지만 말이다.

아빠는 휴대전화와 내가 먹는 모습을 번갈아 보면서 접시를 비웠고, 난 그런 아빠를 보면서 머릿속에 자꾸 떠오르는 여러 가지 생각들과 함께 접시를 비웠다.

아빠는 손을 들어 종업원을 부르더니 날 보며 씨익 웃고는 종업원에게 말했다.

"규카츠 하나 포장해 주세요."

"네."

아빠는 돌아서 가는 종업원을 확인하고 슬쩍 인상을 찌푸렸다.

"우리끼리만 먹었다고 또 하찬웅 씨가 삐치면 곤란하지."

"응, 작은 아빠는 분명히 이번 주 내내 엄청 뭐라 할 거야. 치사하다면서. 어쩌면 선인장 때문에 신경 안 쓸지도 모르지만."

아빠는 웃으며 고갤 끄덕이곤 물었다.

"선인장이 없어졌다는 건 무슨 얘기야?"

"몰라. 화분은 남아 있는데, 선인장만 없어졌어."

"근처에 떨어진 게 아니라면 누가 가져갔다는 건데, 그걸 왜 훔쳐 갔을까?"

"그러게. 근데 그걸 찾겠다는 작은 아빠가 더 이상해. 무슨 수로 범인을 잡겠다는 건지도 모르겠고, 무작정 찾겠다고 몇 시간을 돌아다니는 것도 그렇고."

"원래 그런 사람이야."

"그래서 문제야."

아빠는 내 말을 듣더니 잘 안다는 듯 아랫입술을 늘어뜨리며 고개를 흔들었다. 그러곤 잠시 고민하는 것 같더니 눈을 크게 뜨고 말했다.

"뭐 하나에 꽂히면 다른 걸 못 봐. 아마 호두 너한테도 그런 점 있을 거야."

"난 없어."

"누구에게나 있어. 다만 우리 하찬웅 씨는 좀 심해서 그래. 그리고 그런 건 좋은 데다 쓰면 되게 좋거든. 그만큼 집중력이 좋다는 얘기니까."

"그래도, 무슨……. 선인장을 어떻게 찾아. 어차피 생긴 것도 다 비슷하고, 그걸 훔쳐 간 사람이 그냥 자기 화분에 심어서 밖에다 뒀겠냐고."

"그치. 그러니까 우리 호두는 아빠들 보면서 좋은 점만 닮아. 알겠지?"

"응."

"포장 나왔습니다."

딱 맞게 종업원이 규카츠가 포장된 종이봉투를 들고 왔다. 아빠는 포장된 음식을 받아 들고 계산을 마쳤고, 우린 엘리베이터를 향해 걷기 시작했다.

"호두 뭐 필요한 거 있어?"

"필요한 거?"

"그래. 아님 사고 싶은 거. 옷이라든가, 공부하는 데 필요한 학용품이라든가."

"아니, 괜찮아."

아빠는 코를 찡긋하더니 다시 내 어깨에 손을 올린 채 엘리베이터로 향했다. 북적이는 엘리베이터를 타고 지하 주차장으로 내려온 우리는 다시 아빠의 차에 올랐다. 아빠는 시동을 건 뒤 자동차 스피커와 연결된 휴대전화로 전화를 걸었고, 잠시 후 작은 아빠의 목소리가 들려왔다.

　"여보세요."

　"어디야?"

　"어디긴. 가게지."

　"언제 들어가려고?"

　"몰라. 왜?"

　"오늘 카페에 차 가져갔어? 우리 지금 집으로 갈 건데 같이 들어갈 거면 태우러 가게."

　"야, 여기서 집까지 뭐 얼마나 걸린다고."

　"그래, 그럼 우리 먼저 집으로 간다."

　"아니다, 그냥 타고 갈까?"

　"이랬다저랬다 하지 말고 딱 정해. 가, 말아?"

　"와. 오늘 올 손님은 다 왔어."

　"그래, 십 분이면 가니까 준비하고 있어."

　"오냐."

　전화를 끊은 아빠가 날 쳐다봤고, 내가 고개를 끄덕이자 차는 천천히 움직이기 시작했다. 밤거리엔 자동차가 생각보다 많았고,

덕분에 우리가 탄 차는 거리상으로는 그리 멀지 않은 작은 아빠의 카페까지 좀처럼 가까워지지 못하고 있었다. 문득 작은 아빠와 큰 아빠의 인생이 아름다운가에 대해 이야기한 게 생각났다. 잠시 아빠의 눈치를 살피다 물었다.

"아빠, 아빠는 아빠의 인생이 아름답다고 생각해?"

"응? 갑자기 그게 무슨 말이야?"

"작은 아빠랑 이야기하다가 나온 말인데, 아빠는 좋은 직장에 다니고, 돈도 잘 벌지만 그렇다고 인생이 아름다운 건 아니라고 작은 아빠가 그랬거든."

"그래?"

큰 아빠는 입술을 꾹 다물고 생각하더니 살짝 미간을 찌푸리며 말했다.

"꼭 좋은 직장을 다니고 돈을 많이 벌어서 인생이 좋다기보다는, 우리 호두랑 같이 행복하게 살고 있어서 아빠는 인생이 아름다운 것 같은데?"

그러고는 한 손으로 내 어깨를 툭 쳤다. 큰 아빠는 자기 인생이 아름답다고 생각하는 모양이다. 그러니까 이번에도 작은 아빠가 틀린 거다.

큰 아빠의 차가 작은 아빠의 카페 앞에 도착했을 땐 여전히 간판과 가게 안의 조명들이 다 켜진 상태였다.

"내 이럴 줄 알았어. 준비하고 있으라니까."

큰 아빠는 귀찮다는 듯 말하더니 날 보았다.

"아빠 여기 차 대 놓고 들어갈 테니까, 먼저 가서 문 닫는 거 좀 도와 드려."

"응."

차에서 내려 카페 안으로 들어가자 어울리지 않는 옛날 노래가 가게에 울려 퍼지고 있고, 작은 아빠는 휴대전화 게임에 열중하고 있었다.

"뭐 해? 아까 큰 아빠가 전화로 문 닫고 들어갈 준비하고 있으랬잖아."

아빠는 그제야 고갤 들어 날 보더니 씩 웃고는 다시 휴대전화로 시선을 옮기며 말했다.

"빨리 왔네? 요것만 하고 들어갈 준비하려고 했지. 잠깐만 기다려 봐."

가게 안을 가득 채운 옛날 노래와 아빠 휴대전화에서 나오는 게임 소리가 섞여 빈 카페가 가득 찬 느낌이다. 계산대 앞에 앉아 작은 아빠를 보고 있자니 곧 큰 아빠가 한 손에 포장된 규카츠를 들고 들어왔다.

"뭐 해?"

"……어? 어."

작은 아빠는 대답을 하는 둥 마는 둥 하며 게임에 집중했다.

"정리 다 해 놓으라고 미리 말까지 했는데."

"이렇게 빨리 올 줄 몰랐지."

"뭘 빨리 와. 삼십 분은 더 걸린 것 같은데."

"쏘리, 쏘리."

"자, 이거나 먹어."

큰 아빠가 작은 아빠가 앉아 있는 테이블 위에 포장해 온 음식을 올려 두며 말했다. 작은 아빠는 그제야 휴대전화 화면에서 눈을 떼고 앞에 놓인 종이봉투로 시선을 옮기며 물었다.

"오, 이게 뭐야? 그래도 양심은 있구만."

"두고두고 뭐라고 할까 봐 사 온 거야."

작은 아빠는 종이봉투에서 포장된 음식을 꺼내더니 웃으며 먹기 시작했고, 큰 아빠는 카페 안을 둘러보며 괜히 조그만 소품들을 만지작거렸다.

"요즘 일은 괜찮아?"

"늘 똑같지, 뭐."

"너네 회사 요즘 시끌시끌하던데."

큰 아빠는 입을 꾹 다물고 작게 고개만 끄덕이더니 말했다.

"나야 그냥 직원인데, 뭘."

"임원까지 하려는 거 아니었어?"

"아직은 모르지."

얼마 전 뉴스에서 큰 아빠네 회사의 생산 공정에 문제가 있다는 말이 나왔다. 자세히는 모르지만, 그것 때문에 문제가 좀 있나 보다. 큰 아빠는 자기 이야기를 많이 하는 편은 아니지만, 표정을 보면 뉴스에 나오는 일들이 큰 아빠에게도 영향을 끼치고 있다는 건 알 수 있다.

큰 아빠가 그러든 말든 작은 아빠는 어느새 콧노래를 흥얼거리며 밥을 먹고 있다.

"야, 여기 어디냐? 맛있다."

"얼마 전에 생겼어."

작은 아빠는 큰 아빠의 대답은 아무래도 상관없다는 듯 쩝쩝거리며 음식을 다 비우곤 포장 용기를 쓰레기봉투 쪽에 던져 뒀다.

"호두야, 아까 아이스크림 사 온 거 있지 않아?"

"응, 냉동실에 넣어 뒀어."

"하나 줘."

냉장고 쪽으로 가며 큰 아빠에게도 물었다.

"큰 아빠, 아이스크림 먹을 거야?"

"응? 그래."

냉장고에서 아이스크림 두 개를 꺼내 큰 아빠와 작은 아빠에게 하나씩 건넸다.

"넌?"

큰 아빠가 아이스크림 포장을 뜯으며 물었다.

"두 개밖에 없어."

"그래? 그럼 이거 호두 너 먹어."

큰 아빠는 뜬은 아이스크림을 내 쪽으로 내밀었다.

"아니야, 난 아까 먹었어. 내가 사다 놓은 거야, 아빠들 먹으라고."

"그래. 맛있게 먹을게."

아빠는 내 머리를 마구 헝클곤 아이스크림을 베어 물었다. 작은 아빠는 계산대 앞 테이블에, 큰 아빠는 창가 쪽 테이블에 각자 자리를 잡고 앉아 말없이 아이스크림만 먹었다.

누가 보면 어색해 보일지 모르나 내겐 익숙한 상황이다. 어느 정도 거리를 두고 앉아 아무 말 없이 자기 할 일을 하는 두 아빠. 셋이 있을 땐 늘 이런 분위기여서 그런지 조금의 불편함도 없이 편안하다.

난 구석 테이블과 계산대 쪽에 뒀던 책들을 가방에 넣고 집으로 갈 준비를 마친 뒤 눈앞에 보이는 빈 테이블에 앉았다.

삼각형의 꼭짓점을 그리듯 그렇게 떨어져 앉아 있던 우리는 기지개를 켜며 자리에서 일어난 작은 아빠를 시작으로 다 같이 카페 정리를 하고 밖으로 나왔다. 그러곤 골목 어귀에 세워 둔 큰 아빠의 차를 타고 집으로 향했다.

집으로 돌아오는 길에도 우리 셋은 별다른 이야기를 하지 않았다. 큰 아빠는 운전에 집중했고, 작은 아빠는 휴대전화를 보며 게임만 했다.

집에 도착하고선 큰 아빠는 바로 씻으러 욕실로 갔고, 작은 아빠는 옷만 홀러덩 벗더니 거실 바닥에 누웠다. 난 가장 구석에 있는 내 방으로 향했다.

원래는 큰 아빠에게 숙제를 물어볼 생각이었지만, 다시 책을 꺼내기도, 수학에 대해 생각하기도 싫어 그대로 침대에 누워 버렸다. 오늘도 하루가 지나갔다. 휴대전화를 꺼내 이런저런 커뮤니티를 둘러보다 눈을 감았다. 내일 학교에 갈 생각을 하니 괜히 마음이 무겁다. 바깥에서 작은 아빠가 전화 통화를 하는 소리가 들린다. 누구와 통화를 하는 건진 모르겠지만 또 선인장 타령을 하고 있는 것 같다. 한동안은 저 선인장 때문에 시끄럽겠구나.

글쓰기 반

"일어나. 학교 가야지."

큰 아빠가 내 팔을 당기며 몸을 일으켜, 겨우 눈을 떴다.

"다시 눕지 말고 나와."

방을 나가는 큰 아빠를 따라 거실로 향했다. 너무 졸려 다시 소파에 누우려 했지만, 소파에는 이미 팬티 바람의 작은 아빠가 입을 벌린 채로 엎드려 있었다.

"얼른 씻고 나와서 빵 먹어."

"응."

큰 아빠는 한 손으로 젖은 머리를 말리면서 다른 손으로는 날 욕실로 밀어 넣었다. 비몽사몽간에 세수를 하고 나와 식탁에 앉으니, 잘 구워진 식빵과 잼이 놓여 있었다.

"어이, 하찬웅 씨, 이제 정신 좀 차리지?"

"아으, 어제, 그, 어, 밤에, 축구가, 어."

작은 아빠는 여전히 그 자세 그대로 웅얼거렸다. 아마 본인도 지금 자기가 무슨 말을 하고 있는지 모를 거다. 자꾸만 감기려는 눈을 비비며 식빵을 입에 넣고 우물거렸다. 어느새 옷까지 갈아 입고 나온 큰 아빠는 엎드려 있는 작은 아빠의 엉덩이를 주먹으로 쳤다.

"억!"

움찔한 작은 아빠는 인상을 잔뜩 쓰고 한 손으로 엉덩이를 문지르며 몸을 틀었다.

"야이 씨, 넌 형님한테……."

"호두야, 아빠 먼저 출근하니까, 작은 아빠랑 학교 잘 다녀와."

"응."

큰 아빠가 현관으로 나가는 걸 확인하고 마지막 남은 식빵을 한입에 욱여넣었다. 계속 엉덩이를 문지르며 꿈틀거리던 작은 아빠가 큰 기지개와 함께 몸을 일으켰다.

"아으, 몇 시냐?"

"여덟 시 오 분 전."

아빠는 또 한 번 기지개를 켜고는 자리에서 일어나 소파 옆에 널브러져 있던 옷을 입더니 현관으로 향했다.

"다 먹었음 가자."

"세수 정도는 좀 해."

"차에만 있다가 바로 올 건데, 뭘."

계속 하품을 해 대는 작은 아빠와 함께 집을 나서, 아파트 주차장으로 내려와 차에 올랐다. 작은 아빠 차는 큰 아빠 차보다 작고 지저분하고 거친 느낌이다. 운전하는 스타일도 그렇다. 물론 불편한 건 아니다. 그냥 너무나 다른 두 사람을 잘 드러내는 하나의 표식이라고 생각할 뿐.

작은 아빠는 차에 시동을 걸고 운전대를 돌리며 말했다.

"혹시 모르니까 학교에서 애들한테 의심스러운 선인장 본 적 있냐고 한번 물어봐."

"학교 애들이 그걸 알 리가 없잖아."

"그건 모르는 거야. 세상이 얼마나 좁은데. 네 친구 중에 그 선인장을 본 애가 있을지도 모르고, 어쩌면 공범이 있을지도 몰라."

"아니, 공범이 있어도 자기가 그랬다 하고 나오겠어?"

"그건 그렇지."

작은 아빠는 입을 꾹 다물고 코를 한 번 훌쩍였다. 그러곤 다시 고개를 끄덕거리며 말했다.

"그래도 혹시 모르니까 좀 물어봐. 그거 물어본다고 돈 드는 것도 아니잖아."

난 대답 대신 고개만 흔들었다. 아빠의 선인장에 대한 집착은 범인을 찾지 못한다면 두어 달은 갈 거다. 사실상 범인은 못 잡을 테니까, 두어 달간은 이 호들갑을 봐야 한다는 거다.

"오늘 학교 마치고 어디 안 가지? 갈 거면 전화하고 가."

"갈 데도 없어."

"친구들하고 맛있는 걸 먹으러 갈 수도 있고, 놀러 갈 수도 있고."

"안 가. 다른 애들은 다 학원 갈 텐데, 뭘."

"그러냐."

작은 아빠는 정면을 보고 고갤 흔들더니 혼잣말하듯 말했다.

"요즘은 왜 다들 그렇게 학원을 보내나 몰라. 공부는 학교에서 하고, 마치면 노는 거지. 그렇게 공부만 하고 크니까 세상 돌아가는 건 알지도 못하고, 자기만 아는 애들은 늘어나고, 그런 거 아냐. 참내."

"애들이 학원을 가고 싶어서 가겠어? 집에서 보내니까 가는 거지."

"그러니까. 왜 그렇게 학원을 보내느냔 말이야, 에이."

아빠가 마음에 안 든다는 듯 혀를 차며 고갤 흔들었다. 학교 앞에 다다라 차는 멈췄고, 아빠는 내 쪽을 보며 말했다.

"용돈 필요해?"

"있어."

"그래. 이따 보자."

차에서 내리자 아빠의 차는 시끄러운 소리와 함께 점점 멀어져 갔다. 난 교문을 통과하는 아이들 무리에 섞여, 교정을 가로질러 학교 건물로 향했다. 점점 아침 공기가 후끈해지는 걸 느끼며 교실로 가니 자리에 앉은 재훈이가 날 보며 웃는 얼굴로 말했다.

"왔어?"

고개를 끄덕이며 가방을 풀고 자리에 앉았다. 1교시 수업 책을 꺼내 책상 위에 올려 두고 멍하니 칠판을 보고 있는데 재훈이가 등을 두드렸다.

"야, 너 수학 숙제 했지? 좀 보여줘."

"안 했어?"

"깜빡했어."

공책을 꺼내 재훈이에게 건네는데 웅희가 웃는 얼굴로 들어왔다.

"어이, 생각."

날 생각이라 부르는 웅희는 언제나 쾌활한 얼굴이다. 선생님께 혼날 때도, 곤란한 상황이 생겼을 때도 시무룩해지거나 조용해지는 걸 못 봤다. 항상 밝은 얼굴로 농담을 하거나 태연하게 행동한다. 신기할 정도다.

"뭐야? 수학 숙제야?"

웅희는 자리에 앉으며 호탕하게 웃고는 고갤 흔들었다.

"숙제는 집에서 미리미리 해 와야지. 얘 안 되겠네."

재훈이는 웅희를 흘끔 보곤 자기 공책을 펴, 내 숙제를 옮겨 적기 시작했다.

"웬일이야? 숙제를 다 해 오고."

"학생의 기본이지. 모범생은 숙제를 꼬박꼬박 하는 법."

재훈이의 볼멘소리에 웅희는 당당히 말하곤 웃었다. 평소에 숙제를 챙겨서 하거나 공부를 열심히 하지 않는 터라 간만에 해 온 숙제가 무척이나 뿌듯한가 보다.

"어제 학원에서 마침 이 문제 풀이를 해 줘서 그대로 적어 왔다, 이 말이야."

"그럼 그렇지."

재훈이의 말에 나 역시 피식 웃었다.

"어이, 생각, 지금 날 비웃은 거야? 숙제는 어떻게든 해 오면 되는 거지."

"그래."

교실 문이 열리고 담임 선생님이 들어오자 시끌시끌하던 교실이 조용해졌다. 선생님은 교탁 앞에 서더니 선인장 화분 하나를 교탁 위에 내려놨다.

"어?"

나도 모르게 낸 소리에 교실 안의 모든 시선이 내게로 쏠렸다.

"호두, 왜?"

"아, 아니에요."

"무슨 나쁜 짓 하고 있었던 거 아니지?"

"아니에요."

선생님은 웃으며 말하곤 아이들을 둘러봤다.

"선생님이 교실 분위기 좀 좋게 해 보려고 이 화분 가져왔으니까, 음⋯⋯."

선생님과 눈이 마주치자 선생님이 눈웃음을 지으며 말했다.

"호두."

"예."

"호두가 이 화분 담당하는 걸로 하자."

"예?"

"물은 한 달에 한 번씩, 흙이 너무 말랐다 싶을 때만 주면 돼. 안 죽게 잘 키워야 된다. 알겠지?"

귀찮은 일이 생겼다는 생각과 동시에 작은 아빠가 떠올랐다. 카페에 있던 선인장과 비슷한 것 같기도 하고 좀 다르게 생긴 것 같기도 하다. 머릿속이 복잡해졌지만 선생님은 그걸 아는지 모르는지 오늘 주번이 할 일을 이야기하고선 교실을 나갔고, 난 창가에 놓인 선인장 쪽으로 가 모양을 확인했다.

카페에 있던 선인장도 자세히 본 적은 없어서, 이렇게 본다고 얘가 걔가 맞는지는 모르겠다. 하긴, 카페에서 없어진 선인장을 선생님이 들고 올 리도 없지.

"야, 생각, 당번 됐다고 벌써 관리하는 거야? 역시 모범생은 다르네."

웅희가 어느새 내 옆으로 와 옆구리를 쿡 찌르며 말했다.

"아니, 그런 건 아니고."

"아니고?"

"그게, 실은 우리 아빠가 카페를 하거든."

"오, 카페, 오."

웅희가 하는 감탄은 아무 의미가 없다는 걸 잘 알고 있다.

"그 카페에서 선인장이 없어진 게 생각나서 보고 있었어."

"어? 카페에서 없어진 거랑 같은 거야?"

"그건 모르겠지만……."

"그럼 도둑맞은 화분이 학교로 돌아왔다는 건가?"

녀석은 혼자 추리 만화의 주인공이라도 된 것처럼 턱에 손을 대고 입을 꾹 다문 채 뭔가 생각하는 듯했다.

"이건 상당히 흥미로운 사건이야."

과장된 목소리로 그렇게 말한 웅희는 뭔가를 골똘히 생각하더니 내 어깨에 손을 올리고 말했다.

"우리 1교시 뭐지?"

"국어."

"그래? 교과서를 빌리러 갈 시간이군."

그러고는 그대로 교실 밖으로 나가 버렸다. 평범한 애는 아닌 줄 알고 있었지만, 생각보다 더 이상한 애일지도 모르겠다.

국어를 시작으로 4교시 수학까지 수업은 이어졌고, 여느 때와 다르지 않게 시간이 흘러갔다. 난 수업을 듣다가 잠시 멍 때리기도 했다가 뒷자리의 웅희, 재훈이와 잡담을 나누기도 했다. 그러다 보니 점심시간이 되었고, 급식실에서 밥을 먹고 돌아와 잠시 졸다가, 수업을 듣다가, 멍 때리기를 반복하다 보니 어느새 마지막 수업만 남겨 두고 있었다.

"생각."

고갤 돌리니 웅희가 날 보며 웃고 있었다.

"아까 말한 너네 아빠 카페, 어디야?"

"여기서 안 멀어. 소방서 건너편 골목에 '프리덤'이라고 있어."

"가깝네. 이따 같이 가자."

"응? 오늘?"

"김호두."

웅희의 대답을 기다리는데 뒤에서 또 누가 날 불렀다. 돌아보니 지우가 날 빤히 보고 있었다. 평소 여자애들과는 교류가 거의 없어서 지우가 날 불렀단 사실에 기분이 이상해졌다.

"선생님이 오늘 방과 후 수업 글쓰기 반 남으라고 하셨어."

지우는 내 대답은 듣지도 않고 총총거리며 계단을 올라갔다. 여전히 내 옆에 있던 웅희가 내 어깨를 툭 쳤다.

"너 글쓰기 반이었어? 따분할 것 같은데. 역시 모범생은 다른 건가?"

"원래 영어 회화 반 하려고 했는데 인원이 많아서 튕겼어. 넌 무슨 반이야?"

"난 축구."

웅희는 뿌듯하기라도 한 듯 턱을 살짝 들고 말하더니 내 어깨에 손을 올리고 덧붙였다.

"음, 오늘 같이 가긴 힘들겠군."

곧 마지막 수업이 시작됐고, 딴생각을 좀 하다 보니 어느새 수업이 끝났다. 잠시 후 담임 선생님이 교실로 들어와 글쓰기 반은 남으란 이야기를 한 번 더 했고, 아이들은 하나둘씩 가방을 챙겨 나가기 시작했다.

교실에는 나와 지우 그리고 다른 반에서 온 글쓰기 반 아이들 세 명까지 다섯 명만 남았다. 선생님은 자리에 앉아 있는 우리를 쭉 둘러보더니, 웃으며 말했다.

"글쓰기 반은 다섯 명밖에 안 되니까 오히려 집중하기도 편하고, 조용해서 좋다. 그치?"

아이들은 서로의 얼굴만 바라볼 뿐 아무도 대답하지 않았다.

"우리 글쓰기 반은 작가님이 직접 오셔서 수업을 하실 텐데, 본 수업 전에 선생님이 먼저 이야기 좀 하고 싶었어. 작가님이 부탁하신 것도 있고."

선생님은 벽에 걸린 시계를 흘끔 보곤 말을 이었다.

"다들 오래 있진 못할 테니까, 자기소개만 간단히 하고 작가님이 하신 말씀 전달할게."

선생님은 다시 교실을 둘러보더니 날 가리키며 말했다.

"호두부터 자기소개 한번 해 볼까?"

"예."

난 어색하게 자리에서 일어나 앉아 있는 아이들을 한 번 훑어 봤다. 그러다 날 빤히 쳐다보고 있는 지우와 눈이 마주치자, 아무 생각도 할 수 없어졌다.

"그냥 편하게 하면 돼."

선생님은 내가 어쩔 줄 몰라 망설이고 있다고 생각한 건지 밝은 목소리로 말했다.

"안녕하세요. 전 김호두고, 1학년 3반입니다. 글쓰기 반에서 뭘 쓰는지는 아직 잘 모르겠고, 평소에 글을 써 본 적은 없습니다."

무슨 말을 더 해야 할지 몰라 선생님을 쳐다보니 선생님이 고개를 끄덕였다. 짧은 한숨과 함께 자리에 앉자 건너편 책상에 앉아 있던 지우가 일어났다.

"박지우입니다. 1학년 3반 부반장이고, 평소에 책 읽는 걸 좋아하고 글쓰기도 취미로 하고 있습니다. 이번에 글 쓰는 법을 제대로 배워 보고 싶어 글쓰기 반에 왔습니다."

지우는 똑 부러지게 말하곤 자리에 앉았다. 남은 세 명이 우물쭈물 자기소개를 마치자 선생님은 손뼉을 치고 다시 밝은 목소리로 말했다.

"너희도 알다시피 글쓰기 반에 글을 쓰고 싶어서 지원한 친구는 지우뿐이라 크게 관심이 없을지도 모르겠지만, 그래도 작가님이 직접 시간 내서 수업해 주시는 거니까 다들 관심 가지고 잘 들어 줬으면 좋겠어. 이런 기회가 흔한 것도 아니니까. 알겠지?"

"네."

지우만 혼자 크게 대답했다.

"알겠지?"

"예."

이번엔 나 혼자 크게 대답했다.

"작가님이 첫 수업에는 자기 생활에서 제일 인상적인 것을 하나씩 생각해서 써 오면 좋겠다고 하셨어. 정 생각나는 게 없으면 최근 일기 중에서 가장 인상적이었던 걸 가져와도 된다고 하셨으니까, 다들 준비해 와."

"네."

나와 지우가 동시에 대답했다.

"그럼 다음 방과 후 수업 시간에 이 교실로 모이도록 하자. 늦지 말고, 방금 선생님이 말한 것도 잊지 말고 꼭 준비해 오는 거야."

선생님은 웃으며 교실을 나섰고, 다른 반 애들 셋은 선생님이 나가자마자 우당탕거리며 밖으로 나갔다.

곧 지우도 가방을 메고 자리에서 일어났고, 나 역시 가방을 집어 들고 일어났다. 뒷문으로 나가는 지우를 따라 두세 걸음 정도 거리를 유지하며 학교 건물을 빠져나왔다.

교문 앞에 하얀색 자동차 한 대가 서 있었고, 지우는 그 차의 조수석 쪽으로 걸어가 차 문을 열더니 갑자기 날 돌아봤다.

"안녕."

"어? 어, 안녕."

지우가 차에 오르자 곧 시동을 건 자동차는 점점 멀어져 갔다. 가만히 서서 조금씩 작아지는 차를 보다 돌아서서 작은 아빠의 카페로 향했다. 어느새 이마에 송골송골 땀이 맺히기 시작했다. 봄도 이제 끝이 나나 보다.

비밀이 많은 애

늘 그렇듯 학교생활은 특별할 게 없다. 수업 시간엔 천천히 흐르는 시간 때문에 지루하지만, 마치고 보면 '오늘 하루도 다 갔네' 하는 생각만 들 뿐이다. 지루한 수업 시간 틈틈이 웅희, 재훈이와 잡담을 하다 보니 오늘도 벌써 하교 시간이 됐다.

무척이나 급하게 교실을 빠져나간 웅희에 이어 재훈이도 교실을 나섰고, 천천히 가방을 챙겨 든 나도 교실 밖으로 나왔다. 확실히 오후엔 점점 기온이 올라가고 있다는 게 느껴진다. 그리 시원하지 않은 바람이 불었고, 아빠의 카페로 가는 길엔 또 아이스크림이 먹고 싶어졌다. 사 먹을까 말까 고민하며 걷다 보니 어느새 카페 앞에 다다랐고, 문을 열고 들어가자 아빠는 부동산 아저씨와 이야기 중이었다.

"호두 왔어?"

"안녕하세요."

"그래."

언제나처럼 구석 테이블에 자릴 잡고 앉았다. 카페에 손님이 줄어든 후부터 이 자리는 내 전용처럼 돼 버렸다.

"그러니까, 결국 동네 장사는 그런 거란 말이지."

부동산 아저씨의 말에 아빠는 고갤 끄덕였다.

"그래, 너 말 잘했어. 그러니까 너도 손님들 올 때마다 건강에도 안 좋은 믹스 커피 타 주지 말고 여기서 주문을 해."

"야, 너네 커피가 손님 올 때마다 사 갈 수 있는 가격이야? 어느 동네 카페에서 아메리카노 한 잔에 사천오백 원씩 해?"

"에이, 돈도 많이 벌면서 뭘 그래."

"참내."

부동산 아저씨는 어이없다는 듯 고개를 흔든 뒤 커피를 홀짝였고, 아빠는 괜히 부동산 아저씨의 팔을 쿡쿡 찔렀다. 부동산 아저씨가 다시 고개를 저으며 말했다.

"아무튼, 내가 보기엔 가격부터 좀 조정하고, 주변 상가에 인사하면서 홍보도 좀 하고 그래야 된다니까."

"가격은 내 자존심이야. 함부로 내릴 순 없어."

"망할 때 돼서 부랴부랴 조정하고 움직여 봐야 그땐 늦어. 내가 망하는 가게 한두 번 봤게? 너 TV에서 골목마다 식당 다니면서 컨설팅해 주는 거 못 봤어?"

"그건 식당이고, 여긴 카페고."

"에이, 마음대로 해라."

"그나저나, 선인장은 못 봤어?"

"그 선인장 타령 좀 그만해."

아빠랑 부동산 아저씨의 끊임없는 수다는 결국 선인장 이야기로 흘러갔고, 부동산 아저씨는 진절머리가 난다는 듯 아빠를 만류했다. 하지만 아빠는 멈출 생각이 없어 보였다. 아무렴. 아직 며칠 되지도 않았는데 그만할 리가 없지.

"호두야, 학교에서 친구들한테 좀 물어봤어?"

순간 선생님이 들고 온 선인장 화분이 생각났다.

"몰라."

"아무도 모른대?"

"당연한 거 아냐?"

아빠는 적잖이 실망한 듯 계속 선인장 이야기를 하려 했지만, 부동산 아저씨가 근처 건물의 월세 이야기를 꺼내면서 자연스레 아빠의 집착도 끝이 났다.

오늘은 숙제가 없어서 특별히 할 것이 없었기 때문에 테이블에 앉아 휴대전화를 좀 보다 엎드렸다. 부동산 아저씨는 드디어 수다를 다 떨었는지 가게를 나갔고, 아빠는 카페에 틀어 놓은 음악을 혼자 따라 부르다가 뭘 하는지 곧 조용해졌다.

적당한 온도와 소음 덕분에 졸음이 살살 몰려오려 할 때, 아빠가 날 불렀다.

"호두야, 오늘은 공부할 것 없어?"

"공부하지 말라며."

"아빠가 언제 공부하지 말랬어, 숙제를 하지 말랬지."

"아, 몰라, 없어."

"오늘은 이따 진규 오면 일찍 들어가자."

"알겠어."

괜한 아빠의 말에 잠이 깨 버린 나는 결국 고개를 들고 똑바로 앉았다. 공부라……. 하긴 해야겠지만, 하기 싫기도 하고, 오늘 하루쯤은 안 해도 상관없지 않을까.

"아빠 화장실 갔다 올 테니까, 혹시 손님 오면 잠깐만 기다리라고 해."

아빠는 꽤나 급했는지 후다닥 가게 밖으로 나가 버렸다. 혼자 멍하니 카페에 앉아 통유리로 된 창밖을 보고 있으니 새삼 지루하다. 차라리 큰 아빠 말대로 학원이라도 보내 달라고 할까. 학원을 다니면 이렇게 지루해할 시간은 없을 텐데. 이런저런 생각을 하다 보니 초등학교 때 친구들도 괜히 하나둘씩 떠올랐다.

딸랑딸랑!

가게 문이 열리고 어제 왔던 커플이 또 들어왔다. 계산대에 아무도 없는 걸 확인한 두 사람은 테이블에 앉아 있는 나와 눈이 마주치자 어색하게 자기들끼리 눈빛을 주고받았다. 남자 쪽이 내게 물었다.

"혼자 있어?"

"예. 아빠는 화장실 가셨는데 금방 올 거예요."

둘은 또 뭔가 속닥거리더니 계산대와 가까운 쪽 테이블에 자릴 잡고 앉았다.

"주문 먼저 하실래요?"

가만히 뒀다 그냥 나갈까 봐 미리 주문이라도 받자 싶어 계산대 쪽으로 가며 물었다.

"아니야. 이따 할게."

괜히 일어났잖아.

일어난 김에 계산대 안쪽에 자릴 잡고 앉아 있으니 진규 형이 문을 열고 들어왔다.

"안녕하세요."

"어, 호두 안녕. 사장님은?"

"화장실 갔어요."

진규 형은 자연스럽게 계산대 뒤쪽의 조그만 방으로 들어가더니 잠시 후 앞치마를 두르고 나왔다. 곧 커플이 자리에서 일어나 진규 형에게 주문을 했고, 내가 앉아 있던 가장 구석진 테이블로 자리를 옮겼다.

"집안일은 잘 해결하셨어요?"

"응, 대충."

진규 형은 날 보고 씩 웃더니 주문받은 커피를 만들기 시작했다. 커피 한 잔이 완성될 무렵, 아빠가 돌아왔다.

"안녕하세요."

"어, 진규 왔냐? 오, 손님도 계시네."

아빠는 고작 한 테이블의 손님도 반가운 듯 기분 좋게 카페 안으로 들어오더니 계산대 뒤쪽 방으로 들어갔다. 그러더니 또 빈 화분을 들고 나와 커피를 막 커플에게 건네는 진규 형에게 말했다.

"이거야, 이거."

"진짜 선인장만 쏙 빼 갔네요."

"그렇다니까. 너 진짜 몰라?"

"전 그 화분 있는 줄도 몰랐어요."

"그래? 아, 이거 잡아야 하는데. 일할 때 수상한 사람 본 적 없어? 누가 자꾸 이 화분을 흘끔흘끔 봤다거나, 가게 주변을 어슬렁거리면서 때를 노리는 사람이 있었다거나."

"글쎄요."

아빠는 빈 화분을 계산대 한쪽에 두더니 그 옆 조그만 테이블에 자리 잡고 앉았다. 진규 형은 계산대 뒤편 의자에 앉아 휴대전화를 만지기 시작했고, 또 할 일이 없어진 나는 잠시 카페 밖으로 나왔다.

조용한 골목길, 어쩐지 습기가 느껴지는 공기. 괜히 동네 한 바퀴 걸어 보고 싶은 기분에 천천히 골목 안쪽으로 걷기 시작했다.

학교에서 카페까지 늘 걸어서 오긴 하지만 학교의 반대편인 골목 안쪽으로는 한 번도 들어가 본 적이 없다.

조그만 건물들과 그곳의 상점들, 멀리 보이는 쇼핑몰, 옆으로 줄지어 있는 아파트와 그 너머로 보이는 초록 빛깔의 나지막한 산을 보며 걸었다.

새로운 풍경이 좋아 걷다 보니 하늘은 점점 어둡게 물들어 가고 있었고, 갑자기 불안감이 찾아왔다. 너무 멀리 온 건 아닐까, 카페까지 무사히 찾아갈 수 있을까 싶어 바로 돌아섰다. 혹시 모르니 지도라도 보려고 주머니에 손을 집어넣었지만 휴대전화가 없다. 아무래도 카페 계산대에다 두고 왔나 보다.

되돌아가는 발걸음이 나도 모르게 점점 더 빨라졌다. 초조한 마음에 빨라지던 걸음이 달리기로 바뀌고, 얼마간 더 달려 방향을 틀었더니 저 멀리 카페의 간판이 보였다.

문을 열고 들어가자마자 힘이 빠지고 뜨거운 숨이 입과 코로 뿜어져 나왔다. 나는 허리를 앞으로 숙여 거친 숨만 몰아쉬었다.

"어디 갔다 온 거야? 전화도 놔두고."

"하아, 하아."

온몸에 열이 후끈하게 오르더니 땀이 비 오듯 쏟아지기 시작했다.

"무슨 땀을 그렇게 흘리고……. 운동하고 왔어?"

"아니, 그게, 아니고."

"친구 와서 기다리고 있었잖아."

아빠의 말에 놀라 고갤 들어 보니 계산대 앞자리에 앉아 있는 웅희의 모습이 보였다.

"여, 생각."

학교 밖에서 별명을 들으니 뭔가 어색해 나도 모르게 피식 웃음이 났다.

"여긴 어쩐 일이야?"

여전히 가쁜 숨을 몰아쉬며 말하자 웅희는 웃으며 대답했다.

"학원 수업 끝나고 잠깐 나왔지."

웅희가 엄지손가락을 치켜세웠다.

온몸에 땀이 비 오듯 흐르는 상태로 웅희가 앉아 있는 테이블로 가 앉았다.

"너도 뭐 좀 마실래?"

아빠가 웅희에게 주스를 건네며 물었다.

"그냥 물 줘."

아빠는 시원한 물을 테이블에 올려 두더니 내 옆자리 의자를 빼 앉는다.

"왜?"

"뭐가?"

"아빠가 여기 왜 앉아?"

"왜? 여기 앉으면 안 되냐?"

아빠는 눈을 동그랗게 뜨고 날 보더니 곧 웅희를 향해 웃으며 말했다.

"얘 학교에서도 이렇게 틱틱거리고 그러냐?"

"아니요, 학교에선 조용해요. 늘 뭔가 생각하는 것 같아서 저는 생각이라고 불러요."

"생각이라……. 이름만큼이나 이상한 별명이다. 그치? 이름은 호두, 별명은 생각."

"어? 그러네요. 하하하."

둘은 뭐가 그렇게 재밌는지 깔깔대며 웃는다. 작은 아빠는 어른스럽지 못하고 철이 없으니까, 내 또래 친구들과 잘 맞을지도 모르겠다.

"하여간 아빠한테만 이렇게 틱틱댄다니까."

웅희는 계속 웃으며 가게 안을 돌아보더니 궁금한 게 생긴 듯 고개를 갸웃거리며 물었다.

"생각, 아니 호두, 너네 어머니는?"

생각지도 못한 질문에 움찔하자 아빠가 먼저 나섰다.

"호두 엄마는 여기 없어."

"아, 네."

"호두 낳고 얼마 안 돼서 하늘나라로 갔거든. 그래서 호두는 엄마에 대한 기억도 없을 거야."

웅희는 무슨 말을 어떻게 해야 할지 몰라 당황한 표정이고 아빠는 아무렇지 않은 얼굴이다. 물론 여기저기 소문이 나서 좋을 건 없지만, 이 정도는 친구들에게 알려져도 괜찮다. 아빠가 나에겐 아빠가 한 명 더 있다는 이야기만 하지 않는다면.

"그리고 호두는 사실 나 말고도……."

"아빠."

역시나 아무 생각 없이 전부 이야기할 것 같더라니.

"아까 오늘 일찍 들어가자고 하지 않았어?"

"그랬지. 근데 손님이 왔으니 그냥 갈 수 있나."

아빠는 웅희를 쳐다보며 말했고, 웅희는 어색하게 웃었다. 둘은 묘하게 닮은 구석이 있는 것 같다. 그게 어떤 점인지 아직 정확히는 모르겠지만.

"아, 참."

웅희가 뭔가 생각났다는 듯 나와 아빠를 번갈아 보며 말했다.

"여기 선인장 도둑맞았다고 했지?"

웅희의 한마디가 아빠의 뭔가를 건드려 버린 것 같다. 아빠는 갑자기 반짝거리는 눈으로 날 쳐다봤다. '진짜 알아보긴 했구나' 하는 말이 들리는 것 같은 기분이었다. 아빠는 자세를 고쳐 앉고는 웅희를 보며 말했다.

"너, 뭐 아는 것 있냐?"

웅희는 아빠의 반응이 너무 적극적이라 잠시 당황하는 것 같더니 곧 진지한 얼굴로 말했다.

"이번 주 초에 선생님이 갑자기 화분 하나를 들고 왔잖아요."

아빠는 이번엔 살짝 인상을 쓰고 날 쳐다봤다. 왜 그 얘기는 하지 않았느냐는 원망이 귀에 들리는 것 같다.

"선생님이 화분을 들고 왔어?"

"그냥 평범한 선인장 화분이야."

웅희는 내 말에 잠깐 눈치를 살피다 덧붙였다.

"그걸 또 운명처럼 선생님이 생각, 아니 호두한테 담당하라고 했거든요. 그래서 그런지 유심히 보더라고요."

아빠는 또 고개를 홱 돌려 날 쳐다봤다.

"왜 말 안 했어?"

"뭘 말해. 말할 게 있어야 말하지."

"그 선인장, 저기 있던 거랑 같은 거 맞아?"

"같을 리가 없잖아."

"확실해?"

"확실……할 리도 없잖아. 원래 있던 선인장이 어떻게 생겼는지 잘 기억도 안 나는데."

아빠는 갑자기 주머니를 뒤적거리다 계산대 쪽으로 가 휴대전화를 집어 들고 다급히 우리 테이블로 돌아왔다. 계산대 뒤편에 앉아 있던 진규 형이 무표정한 얼굴로 우리 쪽을 보다가 나와 눈이 마주쳤고, 우린 누가 먼저랄 것도 없이 어색하게 웃었다.

"이거라니까, 이거."

아빠는 지겹도록 본 그 사진을 다시 열었고 난 그 호들갑이 싫어 반쯤 눈을 감고 아빠를 쳐다봤다. 맞은편에서 열심히 사진을 보던 웅희는 갑자기 고개를 끄덕거리더니 아빠에게 기름을 들이부었다.

"비슷한 것 같은데요? 그치?"

난 긍정도 부정도 하지 않았다. 비슷한지도 모르겠고, 그냥 이 상황이 얼른 지나갔으면 좋겠다는 생각밖에 들지 않는다.

"너, 내일 학교 가면 사진 좀 찍어 와."

"이상한 것 좀 시키지 마. 선생님이 그걸 훔쳐 갔을 리도 없는데 같은 것일 수가 없잖아."

"그래도 혹시 모르는 거 아냐. 어차피 네 담당이면 사진 찍는다고 이상하게 보이지도 않을 거고. 딱 됐네."

"아, 됐어."

난 아빠 말을 무시하고 자리에서 일어났다.

"어이, 김호두, 어디 가?"

대답을 생략하고 밖으로 나왔다. 또 어딘가로 갈 생각은 들지 않아 그냥 카페 옆, 화장실로 들어가는 건물 입구에 쪼그려 앉았다. 가끔 아빠는 저렇게 뭔가에 빠지면 정신을 못 차리는 사람이 된다. 오늘은 웅희도 와 있는데 왜 저러는지 모르겠다.

골목 맞은편에서 고갤 내밀고 날 빤히 보고 있는 고양이를 향해 손을 내밀었다.

"냥이야."

"괜찮아?"

오라는 고양이는 꼼짝 않고 있는데 갑자기 들린 말소리에 고갤 드니 웅희가 날 보고 있다.

"음…….."

웅희는 내 옆에 쪼그리고 앉아 할 말을 고르는 것 같다. 여태까지 보아온 쾌활한 모습과는 조금 다른, 처음 보는 모습.

"걱정하지 마. 난 별로 그렇게 이상하게 생각하지도 않고, 이런 거 막 소문낸다거나 그러지도 않을 거고……."

"응?"

"엄마…… 그거…… 그거 그냥 특별할 거 없는……."

웅희가 분위기를 바꾸려고 계속 말을 꺼내려 하기에 내가 먼저 말했다.

"괜찮아. 아무튼 고마워."

웅희는 아무 말 없이 눈만 깜빡이고 있다.

엄마가 없단 사실이 내게 큰 아픔이라거나 슬픔인 건 아니다. 나에겐, 적어도 내가 기억할 수 있는 범위 안에서 엄마는 단 한 순간도 없었다. 그래서 오히려 엄마가 없는 게 더 자연스럽게 느껴지니까, 그건 내게 특별한 일이 아니다. 엄마란 존재가 어떤 건지, 엄마가 옆에 있으면 어떨지 상상은 해 볼 수 있지만, 그 결핍이 아프지도 않다. 지금 이 상황이 내 현실이니까. 처음부터 내겐 아무렇지 않은 것이었으니까.

물론 아빠가 두 명이란 건 좀 다르긴 하다. 이 역시도 내가 기억하는 한 처음부터 아빠가 둘이었으니 나에게만큼은 특별함이 없지만, 사실을 알게 된 사람들이 날 대하는 태도가 조금 달라졌기 때문에 다르구나, 생각할 뿐이다.

아무튼 지금 기분이 상해서 혼자 카페를 나와 여기 이렇게 앉아 있는 건 아빠가 한 엄마 얘기 때문은 아니다. 그 사실을 웅희가 알게 됐기 때문도 아니다. 그냥 쓸데없이 도둑맞은 선인장에 집착하고, 그것 말고는 아무것도 신경 쓰지 않는 것 같은 아빠의 태도가 싫고, 더 이상 그 이야기를 듣고 싶지 않은 거다. 그래서 웅희가 이렇게 마음 쓰는 게 미안하기도 하고 고맙기도 하다.

"집에서 전화 오기 전에 가야겠다."

웅희는 자리에서 일어나 엉덩이를 툭툭 털며 말했다.

"집까지 가까워?"

"응. 금방이야."

손을 흔드는 웅희를 보며 나도 자리에서 일어나 손을 흔들었다. 천천히 돌아서는 웅희를 보다 소리쳤다.

"잠깐만!"

"응?"

멈춰 선 웅희에게 잠깐 기다리란 손짓을 하고 카페 안으로 들어갔다. 아빠는 또 휴대전화로 게임을 하고 있고, 진규 형은 멍한 얼굴로 날 쳐다봤다.

"아빠, 지금 집으로 갈 거야?"

"아으, 글쎄. 그럴까?"

"안 갈 거면 나 먼저 갈래."

"왜?"

아빠는 곧 유리창 너머로 우릴 보고 있는 웅희를 발견했는지 가는 눈으로 웃으며 날 쳐다봤다.

"친구랑 같이 가려고? 그래, 그럼 가자. 태워 줄게."

그러곤 일어서며 휴대전화를 주머니에 넣더니 진규 형에게 말했다.

"정리 좀 잘해 줘."

"예. 들어가세요."

카페 구석에 처박아 뒀던 가방을 들고 나오니 웅희가 눈만 깜빡거리며 날 봤다. 곧이어 아빠가 나오더니 자동차가 있는 쪽을 가리켰다.

"친구 집까지 태워 줄게. 집이 어느 쪽이야?"

"아니에요. 여기서 가까워서 혼자 갈 수 있어요."

"괜찮아, 타. 흔히 오는 기회가 아냐. 보통은 잘 가져오지도 않는 차를 오늘은 마침 끌고 오기도 했고, 우리도 어차피 가는 길이니까 타. 벌써 어두워졌는데 부모님 걱정하셔."

"아니, 괜찮은데……."

웅희는 여전히 제자리에 서서 말했지만 아빠는 이미 상관없다는 듯 자동차 운전석 문 앞에 서서 어서 오라며 손짓했다. 작은 아빠는 늘 저렇다. 자기가 생각한 게 있으면 다른 사람 말을 잘 안 듣는다.

"가자."

"괜찮은데⋯⋯."

웅희는 내키지 않는 듯 말하면서도 천천히 자동차 쪽으로 걸어 왔다. 우린 같이 뒷좌석에 탔고, 아빠는 부산스럽게 휴대전화를 만지작거리며 말했다.

"집이 어디야?"

웅희는 조금 망설이다 집 주소를 불렀고, 아빠는 휴대전화에 주소를 찍더니 천천히 차를 움직이기 시작했다.

"우리 친구 이름이 뭐랬지?"

"윤웅희입니다."

"윤웅희, 웅희. 이름 좋네. 이름에 '웅'이 들어가는 남자들은 다들 아주 대범하거든. 상 남자구나, 너도."

"하하, 그런가요?"

"그럼. 나도 이름에 '웅'이 들어가거든. 하찬웅. 딱 봐도 사내다움이 막 뿜어져 나오지 않냐?"

"그런 것 같아요."

웅희는 혼자 뭔가를 납득하기라도 한 듯 고갤 끄덕이다가 갑자기 날 쳐다봤다.

"하……찬웅?"

"응?"

또 아빠가 쓸데없이 수다를 떨어서 괜한 정보를 흘렸다. 웅희가 손가락으로 날 가리켰다.

"김호두?"

"난 엄마 성을 써서 그래."

"아, 아, 아."

웅희는 적잖이 당황한 듯 뚝딱거리다 고개를 끄덕거렸다.

"왜? 둘이 무슨 이야기를 속닥거리고 있어?"

아빠가 룸미러로 우리 쪽을 흘끔거렸다.

"아무것도 아니야."

웅희는 계속해서 고갤 끄덕이다 나와 눈이 마주치자 웃었다. 그러곤 혼잣말하듯 작게 말했다.

"너, 비밀이 많은 애구나."

"응?"

"아니야."

그 뒤로 웅희는 학교에서 늘 하던 게임 이야기를 했고, 난 적당히 맞장구치며 들었다. 그러는 새 차는 한 주택 앞에 도착했다.

"여기서 세워 주시면 돼요. 감사합니다."

"그래. 조심해서 들어가고, 카페에도 종종 놀러 와. 아저씨가 빵이랑 주스 정도는 얼마든지 줄 수 있으니까."

인사를 하고 차에서 내린 웅희는 푸른빛의 대문 안으로 들어갔다. 그 모습을 보던 아빠는 주변을 두리번거리더니 혼자 작게 말했다.

"이 동네에 이런 데가 있었어? 전부 아파트촌인 줄 알았더니."

아빠의 말에 나도 주변을 살폈다. 조금 떨어진 곳에 빌라가 보이고 양쪽 골목을 따라 주택들이 줄을 지어 서 있었다.

"저녁은 뭐 먹을까?"

아빠가 다시 차를 움직이며 말했다.

"아무거나."

"중국집 어때? 오랜만에 짜장면에, 깐풍기에."

"응."

괜히 복잡한 마음에 고갤 돌려 웅희가 들어간 집 쪽을 쳐다봤다. 이미 닫힌 문과 조용한 골목이 조금씩 멀어지고 있었다. 점점 작아지던 대문과 길어지던 골목은 자동차가 방향을 꺾으며 곧 사라져 버렸다.

하나뿐인 할머니

"호두야!"

고갤 돌리니 웅희가 날 보며 웃고 있다. 웅희가 '생각'이 아닌 내 이름을 부른 건 처음인 것 같다.

"그 선인장 말이야, 사진으로 본 거랑 저거랑은 확실히 다른 것 같거든. 우리가 한번 찾아볼까?"

웅희는 또 왜 갑자기 선인장에 관심을 갖는 걸까. 작은 아빠 하나로도 족한데 말이다.

"그걸 무슨 수로 찾아?"

"내가 생각을 해 봤는데, 누가 그걸 훔쳐 갔다면 되팔려고 훔쳐 가지 않았겠어? 그럼 중고 거래하는 앱이나, 주변 꽃집 같은 데 뒤져 보면 혹시 찾을 수 있지 않을까?"

듣고 보니 꽤 그럴싸한 생각인 것 같다. 적어도 중고 거래하는 앱은 한번 뒤져 봐도 괜찮지 않을까. 직접 돌아다니지 않아도 되니 큰 부담도 없을 거고.

"그럴지도 모르겠네."

"그치? 근데…….'"

"김호두."

웅희가 무슨 말을 하려는데 지우가 교실 앞문에서 날 불렀다. 요즘 유난히 지우가 날 부르는 경우가 많은 것 같다.

"선생님이 지금 가방 다 챙겨서 교무실로 오라고 하셨어."

무슨 일인지 묻기도 전에 지우는 복도로 사라져 버렸다. 이제 막 3교시를 마쳤을 뿐인데 가방을 챙겨 오라는 건 뭘까?

재훈이와 웅희가 눈을 동그랗게 뜨고 날 쳐다보고 있다.

"뭐야?"

"나도 몰라."

"좋겠다. 3교시밖에 안 했는데."

"근데 무슨 일이지?"

웅희와 재훈이는 자기들끼리 이야기를 하다 가방을 다 챙긴 날 보고 손을 흔들었다.

"잘 가라."

"이따 갈게, 카페."

둘에게 손을 흔들고 교실을 나섰다. 이제까지 한 번도 이런 일이 없었던 터라 무슨 일일까 상상하며 1층 교무실로 향했다. 문을 열고 들어가자 담임 선생님의 자리에서 선생님과 이야기를 나누고 있는 큰 아빠의 모습이 보였다.

"어, 호두야."

선생님이 날 발견하고 손을 들어 보이셨다. 천천히 선생님의 자리로 다가가자, 큰 아빠는 웃으며 내 머리를 한 번 쓰다듬고는 자리에서 일어나 선생님께 인사를 했다.

"그럼 가 보겠습니다."

"예. 호두야, 천천히 일 보고 나중에 선생님한테 연락해."

"예."

무슨 일인지 듣기도 전에 급히 아빠의 손에 이끌려 교무실을 나섰다. 아빠는 내 어깨에 손을 올린 채 복도를 걸으며 말했다.

"할머니가 편찮으셔서 병원에 계셔."

"할머니가?"

"응. 아직 정확히는 모르지만, 일단 병원으로 가 보자."

아빠는 내 어깨에 올린 손을 들어 내 등을 토닥였다.

"작은 아빠는?"

"먼저 할머니 모시고 병원으로 갔어. 그래서 아빠가 학교로 온 거야. 괜찮지?"

"응."

학교 건물을 빠져나와 운동장 옆에 세워 둔 큰 아빠의 차로 향했다.

원래 무슨 일이 있을 때 학교로 오는 건 작은 아빠의 몫이다. 아빠가 둘이란 사실을 굳이 알릴 필요는 없으니까. 동시에 두 사람이 나타나는 걸 방지하기 위해 두 아빠는 몇 가지 담당을 정해 뒀고, 낮 시간이 비교적 자유로운 작은 아빠가 학교와 관련된 일을 담당하기로 했다. 그래서 입학식 때도 작은 아빠가 왔었다. 큰 아빠를 본 선생님이 별다른 말을 하지 않은 건 아마 작은 아빠를 기억하지 못하기 때문이겠지.

"호두야!"

누군가 날 부르는 소리에 고갤 돌려 보니 창문에서 웅희가 손을 흔들고 있다. 나도 웅희를 향해 손을 흔들었다.

"친구야?"

"응."

큰 아빠는 희미하게 웃은 뒤 운전석에 올랐고, 나는 조수석에 올랐다. 아빠는 바로 시동을 걸고 차를 움직이기 시작했다.

"할머니 많이 아프셔?"

"일단은 검사를 좀 해야 하나 봐. 혹시 그사이에 무슨 일 생기면 작은 아빠가 연락하기로 했으니까, 일단 가 보자. 선생님께는 잘 이야기했는데, 병원 가서 상황 보고 아빠가 전화드릴게."

"응."

"이거. 아빠가 미리 선생님께 받아 놨어."

아빠는 내게 휴대전화를 건네준 뒤 다시 고갤 돌렸다. 그 후로는 아무 말 없이 윗입술에 힘을 주고 입을 꾹 다문 채 정면을 보며 운전만 했다. 큰 아빠의 저 표정은 심각하게 뭔가를 생각할 때 짓는 표정이다. 지금도 그런 것이 분명하다. 어딘가 초조해 보이는 아빠의 얼굴을 보니, 아무래도 할머니가 많이 편찮으신가 보다. 지난 주말 할머니 댁에 갔을 때까지도 아무렇지 않으셨다. 그런데 갑자기 왜…….

할머니의 웃는 얼굴이 떠올랐다.

아빠가 둘이니 할머니는 세 사람이어야 하지만, 내겐 할머니가 하나뿐이다. 정확히는 외할머니. 두 아빠는 예전부터 내게 할머니는 외할머니 한 사람뿐이라고 했다. 역시 어릴 때는 그냥 그런가 보다 했지만, 나이를 먹고 두 아빠와 할머니가 나누는 이야기들을 들으면서 알게 됐다. 아빠들은 나와 함께 살기 시작한 후로 가족들과 연락을 하지 않고 있고, 큰 아빠만 큰 아빠의 누나와 가끔씩 연락을 주고받고 있다는 걸.

할머니는 우리 집과 아주 가까운 곳에 살고 계시고, 난 매주 주말마다 두 아빠와 함께 할머니 댁으로 가서 하룻밤을 자고 온다. 할머니는 한 번도 내게 싫은 소리를 하신 적이 없다. 어릴 때 할머니 댁에서 장난치다 뭘 부수거나 깨뜨려도 할머니는 혼을 내기보단 내 얼굴을 빤히 보며 웃어 주기만 하셨다.

예전엔 할머니 댁에 가면 엄마에 대해 묻곤 했다. 그럼 할머니는 '늘 제멋대로에 자기 하고 싶은 건 꼭 해야 하고, 뒷일은 생각지도 않고 일을 벌였다'라는 흉과 함께, '그럼에도 책임감이 강해서 맡은 일은 늘 잘했고, 예쁘고 착했다'라며 이런저런 이야기를 해 주셨다.

잠시 후 아빠와 나는 커다란 종합병원의 주차장에 도착했고, 아빠는 휴대전화를 들고 뭔가를 확인하며 병원 입구를 지나 엘리베이터에 올랐다.

"별일 아닐 테니까 너무 걱정 마."

아빠는 그렇게 말하고 힘없이 웃었다.

"응."

아빠와 함께 엘리베이터에서 내려 병실로 향했다. 커다란 병원은 자주 와 본 적이 없어 괜히 어색하고 불안했다. 간호사 선생님들이 뭔가를 들고 바쁘게 움직이고 있었고, 환자복을 입은 사람들이 기다란 봉을 끌며 오가기도 했다.

아빠는 할머니 이름이 쓰인 병실 앞에서 잠깐 한숨을 뱉더니 문을 열고 안으로 들어갔다. 아빠를 따라 들어가자 침대 옆에 앉아 있는 작은 아빠의 모습이 보였다.

"아이구, 우리 호두 왔어?"

할머니가 침대에 기대앉아 날 보고 환하게 웃었다.

"할머니!"

할머니의 웃는 얼굴을 보자 불안했던 마음이 녹아내렸다. 눈물이 날 것 같았다. 그대로 두 팔을 벌리고 있는 할머니 품에 폭 안겼다.

"우리 호두, 교복 입고 있는 것 보니 청년이네, 청년. 다 컸네."

할머니는 처음 교복을 사서 입어 본 날 이후로 내가 교복 입은 모습을 처음 보셨다. 그때도 지금과 똑같은 말을 했다.

"할머니, 많이 아파?"

"괜찮아. 할머니 안 아파."

"근데 왜 병원에 있어, 할머니."

"그러게 말이야. 할머니는 하나도 안 아픈데."

할머니가 어느새 내 볼을 타고 흐르는 눈물을 닦으며 말했다.

"힝."

할머니에게선 늘 좋은 냄새가 난다. 마음이 편안해지는 냄새.

"호두야."

작은아빠가 내 어깰 두드렸다.

"할머니 지금 쉬셔야 하니까, 좀 떨어져."

작은아빠는 내게 손짓하며 작게 말했다. 할머니에게서 떨어지자 할머니는 내 손을 꼭 잡으셨다.

"우리 호두, 많이 놀랐어?"

"응. 갑자기 아프다고, 병원에 있다고 하니까……."

"괜찮아, 괜찮아."

"저희 그럼 먼저 밥 먹고 올게요."

작은아빠가 내 어깨를 끌어당기며 말하자 할머니는 고갤 *끄*

덕이셨고, 큰 아빠는 작은 아빠와 눈빛을 주고받더니 다녀오라는 듯 손짓했다.

"나 배 안 고픈데."

"그래도 먹고 오자."

작은 아빠의 목소리는 평소답지 않게 차분했다.

"그래. 우리 호두 얼른 점심 먹고 와. 할머니도 그러고 있을게."

할머니와 큰 아빠를 두고 작은 아빠와 병실을 나왔다. 작은 아빠는 아무 말도 하지 않고 앞만 보며 걷다가 엘리베이터 앞에 다다라 날 돌아보며 물었다.

"호두야, 지금 어디 나가기도 그런데 그냥 편의점 가서 라면이나 먹을까?"

"응."

아빠는 힘없이 고갤 끄덕이곤 엘리베이터 버튼을 눌렀다.

늘 시끄러운 작은 아빠인데, 엘리베이터를 타고 내려오는 동안 아무 말이 없었다. 2층에서 내린 우리는 한쪽 구석의 편의점에서 컵라면과 삼각 김밥을 사서 뜨거운 물을 받은 뒤, 기다란 테이블의 빈자리에 앉았다.

"아빠."

입을 다물고 멍하니 라면만 보던 아빠가 천천히 내 쪽을 돌아봤다.

"할머니 많이 아프셔?"

"음……."

아빠는 잠시 생각하다 볼을 긁적이며 대답했다.

"아직은 몰라. 아침에 너 데려다주고 잠깐 전화를 했는데, 할머니가 많이 아파하셔서 바로 병원으로 모시고 온 거라……. 병원으로 오는 동안 할머니가 호두 보고 싶다고 하셔서, 진욱이가 학교로 간 거고."

"무슨 검사 받으셨어?"

"여기저기, 이것저것."

아빠가 머릴 긁적이더니 고개를 갸웃거리며 말했다.

"아빠도 정확하게는 모르겠다. 내일까지 입원해서 검사 더 받으셔야 할 것 같아. 호두는 일단 큰 아빠랑 병원에 있어. 아빠는 이거 먹고 다시 가게 갔다가 집으로 가든, 병원으로 오든 할게."

"알겠어."

아빠는 코를 훌쩍이곤 또 멍하니 라면을 보다 뚜껑을 뜯었다.

"먹자."

라면을 휘젓는 아빠를 보고 나도 먹기 시작했다. 아빠는 평소보다 더 허겁지겁 라면과 삼각 김밥을 먹었고, 다 먹어 치운 뒤에는 라면을 먹는 나를 빤히 쳐다봤다.

아빠와 눈이 마주쳤지만, 특별히 할 이야기가 있는 것 같진 않아서 앞에 놓인 음식을 계속 먹었다. 배가 고픈지도 모르겠고, 특별히 먹고 싶은 것도 아니었지만 그저 앞에 있으니까 입에 넣었다. 우물우물거리며 자리에서 일어나니, 아빠는 무슨 생각에 빠진 건지 가만히 앉아 있다가 날 따라 일어섰다.

주섬주섬 먹은 자리를 정리한 아빠가 엘리베이터로 향하며 말했다.

"아까 병실 어딘지 기억하지? 가서 진욱이랑 있어. 아빠는 먼저 가게 갔다고 좀 전해 주고."

"응."

아빠는 짧게 손을 흔들고 비상계단이라 쓰여 있는 표지판을 따라 멀어져 갔다. 잠시 엘리베이터 앞에 멍하니 서 있다가 버튼을 누르고 할머니 병실이 있는 층으로 올라갔다. 복도는 아까보다 더 분주한 모습이다. 커다란 통에서 식판을 꺼낸 아줌마가 병실 안으로 들어갔고 그 주변으로 환자복을 입은 사람들과 간호사 선생님들이 지나다녔다.

사람들에게 부딪히지 않으려 조심하며 할머니가 있는 병실로 향했다. 침대에 앉아 밥을 먹는 할머니와 그 옆에 서서 창밖을 보고 있는 큰 아빠가 보였다.

"우리 호두, 벌써 다 먹고 왔어?"

병실로 들어선 나를 발견한 할머니의 말에 큰 아빠도 내 쪽을 돌아봤다.

"되게 빨리 먹고 왔네."

"응. 아래층 편의점에서 컵라면 먹었어."

"아이구, 우리 호두 맛있는 거 먹지 왜 라면 같은 걸 먹었어."

"괜찮아. 할머니, 밥은 맛있어?"

난 할머니가 앉아 있는 침대 옆으로 걸어가 펼쳐진 간이침대에 걸터앉았다.

"요즘은 병원 밥도 괜찮네. 할머니도 다 먹었어."

할머니는 식판 위에 수저를 내려놓았고, 곧 큰 아빠가 식판을 들고 복도로 나갔다 돌아왔다.

"우리 호두, 이리 와."

할머니가 침대 한쪽으로 옮겨 앉으며 자릴 만들어 줘서 그 옆에 앉았다.

"학교에선 별일 없었어?"

"오늘은 3교시까지만 하고 와서 아무 일도 없었어."

"친구들하고는 잘 지냈어?"

"응. 내 뒤쪽에 앉은 애랑 좀 친해져서 자주 떠들고 놀아."

"아이구, 벌써 친한 친구도 생겼네."

큰 아빠는 잠시 나와 할머니가 나누는 이야기를 듣다가 복도 쪽을 가리키며 말했다.

"그럼 저도 밥 먹고 오겠습니다. 검사는 이따 두 시부터 다시 한다고 했으니까, 좀 쉬고 계세요."

"그래, 다녀와."

"호두, 할머니 말씀 잘 듣고 있어. 혹시 필요한 거 있다고 하시면 심부름도 좀 하고. 의사 선생님이나 간호사 선생님 오셔서 아빠 찾으면 전화해."

"알겠어."

큰 아빠가 병실을 나가자 나와 할머니만 남았다.

"할머니, 진짜 괜찮아?"

"그래, 할머니 괜찮아. 하나도 안 아파. 걱정 안 해도 돼."

"그래도 걱정되는데……."

"할머니는 우리 호두 신붓감까지 보고, 장가가는 것도 다 볼 거니까 걱정하지 마."

"응."

잠시 할머니에게 기댔다. 할머니는 한쪽 팔을 내 어깨에 올리고 다른 쪽 팔은 침대 가장자리에 두고 있었다. 호스가 연결된 할머니의 앙상한 팔을 보고 있으니 내가 더 아픈 기분이다.

"호두, 아빠들이랑 지내니까 어때?"

평소에 할머니가 먼저 아빠들에 대해 물은 적은 없다.

"응? 아빠들?"

"그래. 두 사람이 너무 다르잖아."

"맞아. 큰 아빠는 차분하고 다정한데 어쩐지 너무 어른 같아서 조금 그렇고, 작은 아빠는 너무 다혈질에다 철없는 것 같은데, 그래서 좀 만만하기도 해."

"하하하."

할머니가 온몸을 떨며 웃었다.

"맞아, 작은 사위가 철이 없지. 우리 호두가 훨씬 더 어른스럽고 점잖지."

"어제, 아빠가 카페에서 말이야."

나는 도둑맞은 선인장 이야기를 했고, 할머니는 '어이구' '저런' 같은 말들과 함께 내 이야기를 들었다.

"정말 왜 저러는지 모르겠어."

"작은 사위가 뭐 하나에 집중하면 아무것도 안 보이는 사람이지. 학교에서 애들은 어때? 아빠가 둘이라고 뭐라고 하진 않니?"

"음, 지금 우리 반 애들은 나한테 아빠가 둘이라는 걸 몰라."

"그렇구나."

"근데 어제 내 친구 웅희가 아빠 카페에 놀러 왔었거든. 내 뒷자리에 앉는다는 애 말이야. 그때 작은 아빠가 엄마는 하늘나라에 있다는 이야기를 아무렇지 않게 해서 웅희가 알아 버렸어."

"어이쿠. 그래서 그 친구는 뭐래?"

"자기는 괜찮다고, 아무한테도 말 안 할 거래. 그거 말고도 작은 아빠랑 나랑 성이 다른 것도 알아 버렸고. 하여간 작은 아빠가 문제야. 아무 말이나 다 하고 다닌다니까. 덕분에 웅희랑 조금 더 친해진 것 같기는 한데⋯⋯. 아무튼 진짜 내가 마음을 놓을 수가 없어. 언제 무슨 말을 할지 몰라서."

"친구한테 알려져서 속상해?"

"알려지는 건 상관없는데, 소문이 나면 일일이 설명하기 힘드니까."

"우리 호두, 작은 아빠를 조심해야겠네."

"맞아."

나는 할머니에게 기대 지난 며칠간을 생각하다 얼마 전에 먹은 규카츠가 떠올라 물었다.

"할머니, 규카츠가 뭔지 알아?"

"규카츠?"

"응. 돈가스 같은 건데 소고기고, 튀김옷이 되게 얇아."

"소고기에 튀김옷을 입힌 거구나."

"응. 근데 튀김 맛은 거의 안 나고, 고기는 약간 덜 익은 것처럼 빨간데 부드러웠어."

"맛있었겠네, 우리 호두."

"사실은, 그냥 그랬어. 큰 아빠가 맛있는 곳이라고 일부러 퇴근하고 데려갔는데 그냥 그렇다고 하려니까 좀 미안하기도 하고, 맛있다고 하면 큰 아빠가 좋아할 것 같아서 그렇게 말했지만."

"그래? 호두는 큰 아빠가 무서워?"

"아니, 무서운 건 아닌데…… 모르겠어. 큰 아빠는 조금 그래."

"큰 아빠는 말 붙이기가 좀 어렵지?"

"그게, 왜 그런지는 모르겠지만 말이 잘 안 나올 때가 있어."

"그래, 그래."

할머니는 내 머리를 한 번 쓰다듬으시곤 말을 이었다.

"큰 사위는……. 처음엔 할머니도 그랬어. 말을 많이 하는 것도 아니고, 또 인상이 좀 날카롭잖니."

"응."

"할머니랑 호두 큰 아빠가 처음 만났을 때, 그러니까 호두 큰 아빠가 할머니를 처음 찾아왔을 때, 집 근처 카페에서 만났었어."

할머니는 그때를 다시 떠올리는 듯 중간중간 말을 멈추며 이야기했다.

"호두 엄마한테 차분한 사람이라고 이야기를 듣긴 했는데, 만나니까 생각보다 훨씬 더 조용하고 진지한 사람이었어. 예의도 바르고 겉보기엔 나무랄 데 없는데, 어쩐지 사람이 너무 인간미가 없었지."

"인간미?"

"그래. 지나다니면서 볼 수 있는 주변 사람들하고는 다르게, 영화나 드라마 같은 데 나오는 사람처럼 흠잡을 데가 없어 보이고."

"아, 응."

"날씨 같은 중요하지 않은 이야기를 몇 마디 주고받다가 이야기를 시작했어. 호두 엄마를 어떻게 알게 됐고, 어떻게 만났고, 어떻게 같이 시간을 보냈고, 두 사람 사이의 관계는 어땠고……. 이런 이야기들을 쭉 하는데, 그걸 가만히 들으면서 지켜보니까 사람이 참 진실된 것 같았어. 막상 이야기를 해 보면 호두 큰 아빠가 표정이 많고 눈빛이 맑은 게 보이니까."

"응, 맞아. 큰 아빠는 말을 하기 시작하면 표정이 되게 많이 변해."

"그래. 그래서 그 뒤로 몇 번 더 만나고, 가까이서 호두한테 어떻게 하는지 보고 그러면서 호두를 키우겠다는 걸 허락한 거야."

"그럼 작은 아빠는?"

"작은 사위는……."

할머니는 이번에도 말을 멈추고 잠시 생각하다 말했다.

"작은 사위는 처음부터 지금이랑 똑같았어. 어느 날 갑자기 찾아와서는 자기가 호두 아빠니까 호두를 키우겠다고, 허락해 달라고 막무가내였지."

"응, 그랬을 것 같아."

"그렇지? 호두 엄마한테 미리 이야기를 들어 놓지 않았으면 이상한 사람이구나 하고 상대도 안 했을 거야. 할머니는 그렇게 막무가내인 사람을 별로 안 좋아하거든. 그래도 호두 엄마가 선택한 데는 이유가 있겠지, 하고 이야기를 쭉 해 보니까, 말이 안 통하는 사람은 아니더라고. 물론 호두도 알다시피 작은 사위는 한가지 생각을 하면 다른 데 신경을 잘 못 쓰는 사람이잖아. 그게 좀 걱정됐는데, 매일매일 찾아와서 보여 주는 모습도 그렇고, 또 호두 돌보는 것도 그렇고, 믿어도 괜찮겠다 싶었지."

아빠들에 관한 옛날이야기를 듣다 보니 아주 어릴 때 이후로 한 번도 물어보지 않았던 것들에 대해서 물어보고 싶어졌다. 지금이라면 괜찮을 것 같았다.

"근데, 엄마는 왜 두 아빠를 선택한 거야?"

할머니는 또 잠시 말이 없다가 천천히 입을 뗐다.

"할머니도 거기까진 자세히 몰라. 호두 엄마가 하늘나라에 가기 전에, 그러니까 호두가 태어나기 전에 아주 많이 아파서 이야기를 많이 하진 못했거든. 그 이전에 있었던 일들은 할머니가 직접 듣기도 하고 그래서 알고 있었는데, 호두 엄마가 마지막에 어떻게 하려고 했는지는 할머니도 듣질 못했어. 하지만 세상 누구보다 호두를 아끼고 사랑하는 사람이 호두 엄마였으니까, 어떻게든 호두가 가장 행복하고 호두에게 도움이 되는 쪽으로 생각하고 결정했을 거야."

"응."

"할머니도 누구보다 우리 호두를 사랑하고 잘되길 바라는 사람이니까, 두 아빠들을 보면서 어떤 게 호두에게 가장 도움이 되고 행복해지는 일일까, 어떻게 해야 우리 호두가 건강하게 잘 자라고 행복하게 지낼 수 있을까 그것만 생각했지."

할머니의 목소리는 차분하고 평온했지만, 나는 어쩐지 눈물이 날 것만 같았다.

"할머니도 다른 사람들하고 많이 다르지 않아. 어디서 아빠 둘이 애 하나를 키운다고 했으면 무슨 사연일까 궁금하고 그랬겠지. 아마 호두 아빠들도 마찬가지일 거야. 호두가 아니었다면 두 사람이 같이 살면서 아이를 키운다는 건 상상도 안 해 봤을 거고, 그럴 생각도 없었을 거야. 어쩌면 이상하다고 생각했을지도 모르지. 하지만 우리 호두는 너무 특별하고 소중한 아이니까, 할머니도, 두 아빠도 호두랑 같이 가장 행복하게 살 수 있는 방법을 찾아서 선택한 거야."

"응."

"그러니까 우리 호두도 힘든 거 있으면 누구에게든 편하게 이야기해야 해. 학교생활 하다 보면 여러 가지 불편한 것들이 있을 거고, 어쩌면 호두를 괴롭히는 사람이나 이상하게 보는 사람도 있을 거야. 엄마가 먼저 하늘나라로 갔다는 것도, 아빠가 두 사람이란 것도, 아빠들과 성이 다르다는 것도 이상하게 생각할 수 있어. 호적에는 할머니하고만 가족이니까, 이것 때문에 불편한 점이 생길 수도 있을 테고. 그러니까 호두가 생각하기에 지금보다 더 좋은 방법이 있다면 아빠들이나 할머니한테 편하게 이야기해. 그리고 만약 아빠 중에 한 사람이 괴롭히거나 두 아빠가 다 이상한 것 같으면 얼른 할머니한테 찾아와. 할머니가 다신 못 그러게 혼쭐을 내 줄 거니까."

"알겠어."

할머니는 한 팔로 나를 꼭 안았다. 환자복을 입고 있지만 여전히 할머니에게선 편안한 냄새가 난다.

엄마에 대해서 더 물어볼까 싶었지만 말이 나오지 않았다. 한 번도 만난 기억은 없지만, 엄마에 대해선 꽤 많은 걸 알고 있다. 엄마 사진은 어릴 때부터 지겹도록 봤고, 엄마를 아는 사람들이 날 보면 가장 먼저 엄마를 쏙 빼닮았다고 말해 와서, 내 얼굴이 엄마랑 얼마나 비슷하게 생겼는지도 잘 안다. 나도 사진과 거울을 보며 그런 생각을 하긴 했다.

엄마는 학창 시절 조용한 학생이었지만, 집에서나 친구들 사이에선 꽤 인기가 많은 쾌활한 사람이었으며 항상 밝고 긍정적이었단 것도 안다. 할머니와 무척 많이 다투면서도 이야기도 많이 하고 서로를 챙겨 주며 친구처럼 지냈다는 것도 안다. 할아버지가 일찍 돌아가시고 할머니랑 둘이 살면서도 누구보다 즐겁고 행복하게 지냈다는 것과 글을 쓰고, 그림을 그렸다는 것도. 자유분방한 성격이었지만 회사에서는 성실하게 일을 해서 엄마가 하늘나라로 가게 됐을 때 많은 회사 사람들이 찾아왔다는 것도 잘 안다.

엄마가 자신을 찍어 놓은 영상도 많이 봐서 엄마의 목소리가 듣기 좋다는 것도 알고, 재미있을 때는 '캬하하' 하고 웃는다는 것도 잘 알고 있다.

하지만 그래도 엄마에 대해선 궁금한 게 많다. 할 수만 있다면 엄마랑 딱 오 분만이라도 이야기를 해 보고 싶을 만큼.

엄마가 바랐던 나, 그리고 내 주변은 지금과 같은 게 맞을까. 엄마는 내가 이렇게 두 아빠와 할머니와 지내길 바랐을까. 곧 하늘나라로 가야 할 만큼 아팠고 결혼도 하지 않았던 엄마가, 날 낳고 나면 자기가 위험해질 수 있다는 것도 잘 알았다는 엄마가 날 낳은 이유는 뭘까.

태어나지도 않은 나에게 엄마가 가지고 있던 마음은, 사랑이라고 하는 그건 어떤 거였을까. 처음에는 날 낳는 것을 말렸다는 할머니를 설득한 엄마의 마음은 뭐였을까. 그리고 두 아빠에게 연락해 결국 아빠들이 함께 날 키우게 만든 그 행동은, 뭘 바라고 한 것이었을까.

아무것도 알 수는 없지만, 늘 궁금한 것도 어쩔 수 없다. 언젠가 엄마를 만나게 된다면 물어보고 싶은 것이 너무나 많다.

그렇게 잠시 동안 아무 말 없이 할머니와 꼭 붙어 앉아 있는데 큰 아빠가 들어왔다.

"의사 선생님이 아무 얘기 없었어?"

"응."

큰 아빠는 고개를 끄덕이고 할머니와 눈빛을 주고받았다. 그러곤 간이침대에 걸터앉아 휴대전화를 꺼내 화면을 보더니 내 다리에 손을 얹었다. 내가 큰 아빠를 쳐다보자 큰 아빠는 살짝 웃기만 하고 별다른 말을 하지 않았다.

조용한 병실, 날 보고 웃는 큰 아빠, 내 어깨에 올린 손에 힘을 꼭 주고 있는 할머니, 그리고 편안한 냄새.

방향이 같아서……

시끄러운 복도를 지나 교실 문을 열고 들어갔다.

"어? 호두다."

"호두 왔네?"

"호두야!"

날 발견한 애들 몇몇이 인사를 했고, 그 바람에 교실 안의 모든 눈이 내게로 집중됐다.

"뭐야? 무슨 일이야?"

"무슨 일 있었어?"

내 쪽으로 다가온 애들이 물었다. 어제는 3교시 후 조퇴했고, 오늘은 2교시 마치고 학교에 왔으니 무슨 일이 있었는지 궁금한 애들이 많은가 보다.

"별일 아니야. 할머니가 편찮으셔서."

"많이 편찮으셔?"

"아니, 괜찮으셔."

자리에 앉아 시간표에 맞춰 수학책을 꺼냈다.

어젯밤엔 집으로 가지 않았다. 저녁이 돼서 작은 아빠가 카페 문을 닫고 병원으로 왔고, 큰 아빠가 함께 집으로 가자고 했지만 나는 할머니와 같이 있고 싶었다. 마음에 걸리는 일이 있었던 건 아니다. 그냥 할머니와 함께 있고 싶었다.

결국 큰 아빠는 먼저 집으로 갔고, 작은 아빠는 나와 함께 밤늦게까지 병실에 남아 있었다. 오전과는 다르게 평범한 작은 아빠의 모습으로 돌아온 아빠는 동네에서 있었던 일들을 한참 이야기하다 문제의 선인장 이야기를 또 꺼냈다. 할머니는 흥미를 보이긴 했지만 난 지겹도록 들은 이야기라 더 듣고 싶지 않았다.

한참을 시끄럽게 떠들던 작은 아빠는 열두 시가 넘어서야 집으로 돌아갔고, 난 할머니와 함께 병실에서 잤다. 잠깐 엄마 이야기를 했는데, 이내 잠들어 버려 많은 이야기를 들을 순 없었다.

아침에 작은 아빠가 병원으로 데리러 왔고, 집으로 가 씻고 학교로 온 것이다. 할머니의 검사 결과를 제대로 듣지 못해서 병원에 계속 남아 있고 싶었지만, 할머니도 아빠도 오늘은 학교에 가는 게 좋을 것 같다고 해서 더 고집부릴 순 없었다.

수업이 끝나고 점심시간이 되어 급식실에서 밥을 먹고 나오는데 웅희가 내 어깨를 두드렸다.

"저기, 어제 말이야, 학교에 온 아저씨는 누구야?"

우리 학교에서 유일하게 두 아빠의 모습을 다 본 웅희가 어쩌면 당연히 궁금해할 만한 걸 물어봤다.

"어, 그게······."

일단 아무렇지 않게 말을 시작하긴 했지만, 뭐라고 해야 할지 모르겠다.

"김호두."

대답할 말을 생각하는데 뒤에서 또 누가 날 불렀다. 돌아보니 지우가 날 빤히 보고 있었다.

"오늘 글쓰기 반 수업 있는 것 알지?"

"아, 응."

지우는 총총거리며 계단을 올라갔다. 그 모습을 보던 웅희가 내 어깨를 툭 쳤다.

"교실엔 애들 많으니까, 매점이나 가자."

"그래."

별생각 없이 웅희와 매점으로 향했다. 음료수를 하나씩 사서 나온 뒤 자연스레 운동장 옆 스탠드로 날 데려간 웅희는 자릴 잡고 앉더니 음료수를 마시고 말했다.

"그 아저씨, 너네 아빠랑 다른 사람 같았거든. 그래서 물어본 거야. 삼촌이나 친척이야?"

이 이야길 교실에서 하기엔 좀 신경이 쓰였나 보다.

"우리 아빠야."

"아……, 어?"

웅희는 눈이 동그래져서 날 보더니 당황한 듯 덧붙였다.

"너네 아빠는 카페 하시잖아. 분명히 다른 사람이었는데. 키도 더 크고, 차도 다르고."

"그치, 다른 사람이지."

"무슨 말이야? 알아듣기 쉽게 얘기해 봐."

"나, 아빠가 두 명이야."

웅희는 여전히 무슨 말인지 모르겠단 얼굴로 고개만 계속 갸웃 거렸다.

"나도 자세히는 몰라. 간단히 이야기하자면, 나는 태어났을 때 부터 엄마가 없었고, 아빠가 두 명이었어. 초등학교 들어가기 전 까진 그게 뭐가 이상한 건지도 잘 몰랐고……. 그래서 나도 뭐라 고 설명할 방법은 없는데, 그냥 난 처음부터 그랬어."

잠시 고민하는 것 같던 웅희는 고개를 끄덕였다. 그렇게 한참 을 고개만 끄덕이던 웅희가 작게 말했다.

"신기하다."

"그치? 나도 그래. 세상에 아빠가 둘인 사람이 나밖에 없나 싶 기도 하고."

"지우, 지우도 아빠가 두 명이야."

"어? 진짜?"

"응."

웅희는 잠시 주변을 살피더니 자기 입을 막았다.

"앗, 이런 얘기 함부로 하면 안 되는데."

"알겠어. 모른 척할게."

"지우한테 미안하네. 나도 모르게."

웅희가 짧게 한숨을 뱉었다. 나 말고도 아빠가 두 명인 애가 있다니. 어쩌면 아빠가 두 명이라는 건 생각보다 흔한 일일지도 모른다.

"음, 그냥······."

웅희는 할 말을 찾는 듯 입을 오물거렸지만, 결국 찾지 못한 듯 그 후로 말이 없었다.

"괜찮아. 나한테는 특별한 일이 아니야. 많은 사람이 알게 되면 왜 그런지 설명하는 게 귀찮은 거지. 그러니까 그냥 여기저기 말만 하지 않으면······."

"알겠어."

웅희는 걱정 말라는 듯이 자기 가슴을 두드렸다.

"걱정하지 마. 나 입 엄청 무거워."

방금 전 지우의 비밀을 내게 말한 애가 믿으라고 하니 좀 우습긴 했지만, 불안하다거나 신경이 쓰이진 않는다.

"너, 지우랑은 친해?"

"아니. 세아랑 같은 학원이라 세아한테 들었어."

"그렇구나."

"우리 반 남자애 중에 지우랑 친한 애 없을걸?"

그러고 보면 지우가 평소에 남자애들과 이야기하는 걸 본 적이 없는 것 같다. 그래서 날 부를 때마다 더 낯선 느낌이 드는 건가.

"들어가자."

우린 최근 유행 중인 유튜브 영상 이야기를 하며 교실로 돌아왔다. 책상에 엎드려 있던 재훈이는 자다 깬 목소리로 다음 수업이 뭔지 물었고, 곧 오후 수업들이 이어졌다.

수업이 다 끝난 뒤 방과 후 수업을 위해 아이들은 각자의 교실로 이동했고, 난 지우와 함께 교실에 남아 작가님을 기다렸다. 지우는 내 쪽을 흘끔 보곤 바로 칠판 쪽으로 고갤 돌렸다.

"안녕하세요."

작가님이 교실로 들어왔다.

"이제 여름이네. 엄청 덥다."

작가님은 교탁 앞에서 재킷을 벗고 우리를 둘러봤다. 만나서 반갑다는 인사를 시작으로 짧은 자기소개가 이어졌고, 본격적인 글쓰기 수업이 시작됐다.

"오늘 첫 시간이지만, 방과 후 수업 특성상 친구들과 만날 기회가 많지 않아서 선생님께 부탁을 드렸어요. 미리 글을 좀 써 왔으면 좋겠다고. 다들 전달받았죠?"

"네."

지우만 혼자 대답했다. 작가님이 고개를 갸웃하며 날 쳐다봐서 나도 얼른 대답했다.

"네."

"다들 많이 써 왔어요?"

"네."

이번에도 지우만 혼자 작게 대답했다. 주위를 둘러보니 다른 반 애들은 아무것도 쓰지 않은 것 같다. 나도 마찬가지지만…….

"그럼 우선 오늘 써 온 것 먼저 보고 이야기할까요?"

작가님이 지우 쪽으로 다가갔고, 지우는 공책을 내밀었다. 작가님은 지우의 앞자리에 앉아 글을 유심히 읽더니 말했다.

"지우 학생은 글을 잘 쓰네요."

작가님은 작은 소리로 지우에게 무언가 설명을 했고, 지우는 고개를 끄덕이며 작가님의 말을 들었다.

"일단 그렇게 한번 써 볼까요?"

"네."

작가님은 웃으며 고개를 끄덕이더니 내 쪽으로 다가왔고, 난 연습장을 내밀었다. 텅 빈 연습장을 본 작가님은 다시 내 얼굴로 시선을 옮겼다.

"호두 학생은 아무것도 안 썼어요?"

"네, 뭘 써야 할지 잘 모르겠어요."

"음……."

작가님은 잠시 고민하다 말했다.

"대단한 걸 쓰지 않아도 괜찮아요. 그냥 일기 쓰듯이 호두 학생이 겪은 일, 아니면 주변에서 일어난 일을 써 보는 거예요. 길지 않아도 되니까, 지금이라도 한번 써 볼래요?"

"네."

작가님은 뒷자리 아이들 쪽으로 이동했고, 난 텅 빈 연습장을 쳐다봤다. 최근에 내가 겪은 일을 생각하니 할머니가 편찮으셔서 병원에 간 일이 제일 먼저 떠올랐다. 펜을 집어 들고 '할머니'까지 쓰다 멈췄다.

막상 할머니에 대해 쓰자니 망설여졌다. 줄을 쳐 글자를 지우고 다시 연습장을 보다 고개를 들었다. 창가 쪽으로 고갤 돌리는데 선인장 화분이 보였다.

"아."

무작정 도둑맞은 선인장 이야기를 썼다. 선인장을 찾아 헤매던 아빠 이야기까지 쓰고 나니 그 뒤엔 뭘 써야 할지 떠오르지 않았다. 교실을 돌아다니며 다른 친구들과 이야기를 하던 작가님이 다시 내 쪽으로 걸어왔다. 작가님은 연습장을 봐도 괜찮겠냐고 물었고, 난 고개를 끄덕였다.

작가님은 내 짧은 글을 읽더니 미소를 지었다.

"호두 학생은 상상력이 엄청 풍부한 것 같아요. 화분만 두고 선인장을 훔쳐 간 사건은 누가 봐도 흥미가 생길 법한 이야기니까."

작가님은 이게 실제 있었던 일이라곤 전혀 생각을 못 하시는 것 같았다. 하긴, 선인장을 도둑맞는 것도, 그걸 찾아 헤매는 아빠도 비현실적이긴 하다.

작가님이 웃으며 말을 이었다.

"내가 이 아이디어 달라고 하고 싶을 정도네요."

"고맙습니다."

"혹시 뒷이야기도 구상한 게 있어요?"

"아니요."

아직 아무것도 해결된 게 없는 사건이니, 뒷이야기도 있을 리가 없다.

"다양하게 풀어 볼 수 있을 것 같아요. 이런 이야기를 떠올릴 정도라면 그 후 이야기도 어렵지 않게 쓸 수 있을 거야. 유명한 작가들 중에는 처음부터 끝까지 모든 이야기를 구상해 두고 쓰는 작가가 있는가 하면, 쓰면서 점점 발전시키는 작가도 있으니까요. 호두 학생도 다음을 어떻게 할까 고민도 해 보고, 일단 쓰기도 해 보면서 뒤를 만들어 나가면 좋을 것 같아요."

"예."

"그럼 다음 주까지 고민도 해 보고 써 보기도 해 볼까요?"

작가님은 내게 연습장을 돌려주고 뒤쪽 애들에게로 갔다. 작가님을 따라 고갤 돌리다 날 보고 있는 지우와 눈이 마주쳤다. 지우는 날 빤히 보다 자신의 공책을 내려다보더니 펜을 잡고 뭔가 쓰기 시작했다.

뒤쪽의 아이들에게 뭘 쓰면 좋을지에 대해 한참 동안 설명하던 작가님이 교탁으로 돌아와 말했다.

"글쓰기라는 게 어려운 건 아니에요. 익숙하지 않아서 어렵게 느껴지는 것뿐이에요."

그 후로 작가님은 수업 시간이 끝날 때까지 꽤 오랜 시간 동안 소재를 발견하는 법과 글쓰기를 어떻게 시작하면 좋은지에 대해 이야기했다. 하지만 작가님의 말이 이어지는 동안 선인장 이야기를 어떻게 써야 할지 생각하느라 잘 들을 수는 없었다.

"혹시 글쓰기나 지금 쓰고 있는 글에 대해서 궁금한 게 생기면 메일로 물어봐도 괜찮아요. 그럼, 다음 시간까지 다들 고민도 해 보고, 쓰기도 해 봐요. 알겠죠?"

"네."

작가님은 벗어 둔 재킷을 들고 교실을 나갔고, 기다렸다는 듯 뒤쪽의 아이들도 교실을 나섰다. 천천히 가방을 챙겨 자리에서 일어나니 지우가 또 날 빤히 보다 교실 밖으로 나갔다.

교실을 나서 복도를 지나 건물 밖으로 나왔다. 여전히 지우는 내 앞에서 걷고 있다. 교문에 다다랐지만 전에 지우가 타고 간 차는 보이지 않았다.

얼마간 내 앞에서 걷던 지우가 내 쪽을 돌아봤다.

"너, 선인장 도둑맞은 이야기는 어떻게 생각해 냈어?"

지우는 무표정한 얼굴로 날 보고 서 있다.

"그거, 내가 생각해 낸 이야기가 아니고 실제로 있었던 일이야. 우리 아빠 카페에 있는 화분에서 누가 선인장만 뽑아서 훔쳐 갔어."

잠시 미간을 찌푸리고 있던 지우가 물었다.

"그래서 어떻게 됐는데?"

"그냥…… 그 상태 그대로야. 아직 아무것도 해결된 게 없어."

지우는 어이가 없다는 듯 고개를 갸웃하더니 다시 돌아서 걷기 시작했다.

"오늘은 아무도 안 오셔?"

내 말에 다시 멈춰 선 지우는 한숨을 푹 쉬더니 말했다.

"원래 걸어 다녀. 그날만 아빠가 잠깐 왔던 것뿐이야."

"아, 응."

지우는 뒤돌아서 걷기 시작했고, 나도 가만히 따라 걸었다. 아빠 이야기가 나온 김에 지우에게 정말 너도 아빠가 둘인지 물어볼까 싶었지만, 관뒀다. 지우도 나처럼 아빠들 이야기를 하는 게 편치만은 않을지도 모르니까.

"왜 따라와?"

"응? 따라가는 게 아니라, 우리 아빠 카페도 이쪽이라……."

"아니, 같은 방향이면 뒤에서 따라오지 말고 옆에서 같이 가면 되잖아."

"아, 응."

지우의 옆으로 가 나란히 걷기 시작했다.

"너네 아빠 카페는 어디야?"

"소방서 맞은편 골목에 있어."

"엄마도 같이하셔?"

지우의 말에 뭐라고 대답해야 할지 몰라 잠깐 머릿속이 복잡해졌지만, 지우도 아빠가 두 명이니 괜찮을 것 같았다.

"엄마는 돌아가셨어."

"아, 미안."

"괜찮아. 대신 아빠가 두 명이야."

지우는 걸음을 멈추고 놀란 눈으로 날 쳐다봤다. 별일 아니라는 듯 어깨만 으쓱하고 다시 걸으려 했는데 지우가 말을 이었다.

"엄마가 언제 돌아가셨는데?"

"나 태어나고 며칠 지나지 않아서……."

지우는 혼란스러운 얼굴이었다. 말을 고르는 듯 눈동자를 굴리던 지우가 조심스럽게 말했다.

"나도 아빠가 두 명이야."

"응."

"안 놀라?"

지우는 의아하단 표정으로 날 보고 있다.

"나에겐 아빠가 둘인 게 놀랄 일이 아니니까."

웅희에게 들어서 알고 있었단 이야기는 할 수 없었다. 대신 급하게 생각해 낸 이유로 둘러댔다. 내 말이 충분히 납득이 됐는지 지우는 고개를 끄덕였다.

"난 엄마가 재혼해서 새아빠까지 두 명이야. 근데 넌 엄마가 돌아가셨는데 어떻게 아빠가 두 명이야?"

어떻게 설명해야 할지 몰라 말을 고르고 있는데 지우가 다시 말했다.

"미안, 그냥 물어본 거야. 말하기 싫으면 안 해도 괜찮아."

"아니, 그런 건 아닌데, 그냥 설명하기가 어려워서."

지우의 표정을 잠시 바라보다 말을 이었다.

"난 태어났을 때부터 엄마는 없고 아빠가 둘이었어. 그래서 그게 이상한 건지도 몰랐어. 그게 내겐 당연한 일이어서, 왜 그런지 설명하기가 어려워."

"그렇구나."

잠시 말이 없던 지우는 다시 선인장 이야기를 꺼냈고, 난 사라진 선인장에 대해 이야기해 줬다. 그 뒤로 수업 이야기와 같은 반 애들 이야기를 좀 하다 보니 어느새 아빠의 카페 앞이었다.

"여기야."

"가깝네."

잠시 카페를 이리저리 보던 지우가 손을 흔들며 말했다.

"난 갈게."

"웅. 안녕."

돌아선 지우의 뒷모습을 보다 나도 돌아섰다. 카페 안으로 들어가니 아빠가 날 보고 웃고 있었다.

"여자 친구냐? 왜 그냥 보내? 와서 뭐라도 하나 마시고 가라고 하지."

"쟤 학원 가는 길이야."

계산대 뒤편에서 나와 지우를 보고 있었나 보다.

"그리고 여자 친구 아니야. 그냥 방향이 같아서 같이 온 것뿐이야."

"으흥, 그래?"

아빠가 요상한 웃음을 머금고 날 본다. 그런 아빠를 무시하고 구석 자리 테이블에 앉아 연습장을 꺼냈다. 오늘은 숙제가 없지만, 아빠의 이상한 눈초리를 보니 말도 안 되는 얘기들이 이어질 게 뻔해서 뭐든 써 보려 했다. 선인장 도둑이 잡히는 결과라면 어떤 사람이 왜 그걸 훔쳐 갔는지를 알아야 하는데, 그 이유를 알 수 없으니까 어떻게 이야기를 이어가야 할지 모르겠다.

우선 생각나는 대로 마구 적기 시작했다. 분명 작가님이 이렇게 글을 쓰는 것도 한 방법이라고 했으니까.

잠도 오지 않을 것 같은 밤

책을 펴 놓고 카페 의자에 앉아 있지만 공부에 집중이 되지 않는다. 손님이 많아 시끄럽다거나 주변이 산만한 건 아니다. 평소와 다름없이 이 카페에서 테이블을 차지하고 있는 사람이라곤 나밖에 없으니까.

그나마 오늘은 테이크아웃으로 커피를 사 간 사람이 꽤 있긴 했다. 덕분에 혼자 일하고 있는 진규 형은 쉬려고 앉았다 곧 일어나 주문받고 커피 내리기를 반복했다. 진규 형이 내게 도움을 청하는 일은 없었다. 내가 커피를 만들진 못하지만, 주문 정도는 받을 수 있는데 말이다.

아빠의 모습은 보이지 않는다. 진규 형의 말에 의하면 전화 한 통을 받더니 저녁까지 오겠다는 말과 함께 급히 나갔다고 한다. 내게도 먼저 집으로 들어가 있어도 된다는 메시지가 와 있어, 전화를 했지만 받지 않았다.

혹시나 하는 마음에 큰 아빠에게도 전화해 봤지만 역시 받지 않았다. 큰 아빠야 평소에도 바쁘니까 그럴 수 있지만, 작은 아빠가 바쁜 모습은 처음 본다. 가게를 열고 나서 잠깐 손님이 몰려 바쁜 적이 있긴 했지만…….

날이 저물고 하늘은 점점 어두워지는데 아빠는 여전히 아무 소식이 없다.

"호두야, 배 안 고파?"

진규 형이 계산대를 돌아 나오면서 기지개를 켜며 말했다.

"음, 조금이요."

"우리끼리 먼저 저녁 먹을까?"

시계를 보니 시곗바늘이 여섯 시를 막 넘어가고 있었다.

"뭐 먹어요?"

"글쎄, 뭐 먹고 싶은 것 있어?"

"생각나는 건 없어요."

잠시 고민하는 듯하던 진규 형은 창밖을 이리저리 살폈다.

"이 근처에는 먹을 만한 게 딱히 없단 말이야. 빵 같은 거 어때?"

좁은 골목의 건너편엔 조그만 빵집이 있다. 언젠가 아빠가 아르바이트 하는 누나에게 남자 친구가 있는지 물어보고 오라고 했던 그 빵집이다. 카페를 오픈한 지 얼마 안 됐을 때, 아빠가 건너편 빵집의 빵이라며 준 적이 있다. 단팥빵과 피자빵이었는데 그럭저럭 먹을 만했던 걸로 기억한다.

"빵도 괜찮아요."

통유리창에 바짝 붙어 서 있던 진규 형은 코를 훌쩍이며 내 쪽
으로 걸어왔다.

"빵은 양이 너무 적을 것 같지? 여기에도 있고."

진규 형의 시선이 향한 진열대에는 몇 개의 조각 케이크와 크
루아상 같은 빵들이 놓여 있다.

"시켜 먹을까? 너무 냄새가 심한 것만 아니면 괜찮거든. 사장님
이랑도 가끔씩 시켜 먹거나 포장해 와서 먹기도 하니까."

"음, 그럼, 햄버거."

"햄버거 먹을래?"

진규 형이 피식 웃고는 고개를 끄덕였다.

"어디서 시킬까?"

내 옆 의자를 빼고 앉은 진규 형은 배달 앱을 켜고 손가락을 까
딱거렸다.

"여기 신제품 나왔네. 이거 먹어 볼까?"

"여기 바로 사거리 건너편 아니에요?"

"응, 맞아."

"제가 갔다 올까요?"

"왜? 그냥 배달시키지, 뭐."

"계속 카페에 앉아 있으려니까 심심하기도 하고."

진규 형은 잠깐 고민하는 것 같더니 주머니에서 카드를 꺼내 내밀었다.

"그럼, 호두는 먹고 싶은 것 사고, 난 새로 나온 불버거 세트로."

"예."

"먹고 싶은 거 있음 다 사 와. 형이 쏠게."

진규 형이 웃으며 말해, 나도 웃으며 고개를 끄덕였다.

카드를 주머니에 넣고 카페 밖으로 나왔다. 공기는 선선했지만 어쩐지 여름의 냄새가 묻어 있는 느낌이었다.

사거리에서 소방서 옆으로 가면 나오는 패스트푸드점으로 천천히 발걸음을 옮겨, 신호를 기다리다 휴대전화를 꺼냈다. 여전히 두 아빠 모두 아무 연락이 없다.

초록색 불이 켜진 걸 보며 길을 건넜다. 소방서 건물 안에는 소방차들이 서 있고, 그 너머로 아파트 건물들이 줄을 지어 서 있다. 소방서를 지나자 패스트푸드점이 나타났고, 나는 문을 열고 안으로 들어갔다.

주문을 하려고 키오스크 앞에 섰다가 익숙한 목소리가 들려 돌아보니 지우와 같은 반 애들의 모습이 보인다.

"어? 호두다."

애들 중 하나가 날 알아보고 말했고, 지우도 천천히 내 쪽을 쳐다보더니 인사했다.

"안녕."

나는 어색하게 손을 흔들었다.

"어?"

화장실 쪽에서 나오던 재훈이가 날 보곤 멈칫했다.

"호두야, 너 이 근처 살았어?"

"아니, 아빠 카페가 근처라서."

"아, 맞다, 그랬지."

재훈이는 내 쪽으로 다가와 서더니 괜히 내 어깨를 툭 쳤다. 그러곤 지우와 반 애들이 앉아 있는 쪽으로 가며 말했다.

"혼자 왔어? 이쪽으로 와. 같이 먹자."

"아니야. 심부름 온 거라서 바로 가 봐야 해."

일일이 설명하기 귀찮아서 그냥 대충 얼버무리고 다시 키오스크 쪽으로 고갤 돌렸다. 그런데 왠지 자꾸만 신경이 쓰여 귀로는 애들이 하는 이야기를 들으며 주문을 하려니 내가 지금 뭘 사려고 하는지 집중이 잘 되지 않았다.

키오스크 앞에 서 있는 시간이 길어질수록 애들이 이상하게 보지 않을까 싶어 더 신경이 쓰였다. 그래서 눈에 보이는 버거를 아무거나 주문하고 포장 버튼을 눌렀다. 진규 형에게 받은 카드를 꽂고 잠시 기다리니 영수증이 나왔다.

번호를 뽑아 들고 어떻게 할지 몰라 가만히 서 있으니 다시 재훈이가 나를 불렀다.

"이쪽으로 와."

애들이 앉아 있는 테이블은 여섯 명이 앉을 수 있는 자리였고, 마침 한 자리가 비어 있어 재훈이 옆에 어색하게 앉았다.

"호두 넌 학원 끝났어?"

"난 학원 안 다녀."

"우아, 좋겠다."

애들은 자기가 얼마나 많은 학원을 힘들게 다니는지 이야기하기 시작했고, 난 딩동 소리가 들릴 때마다 고갤 돌려 번호를 확인했다.

"오늘도 카페에 있다 집으로 가는 거야?"

"응."

지우가 감자튀김을 집으며 관심 없다는 듯 물었고, 난 뒤돌아 번호를 확인하며 대답했다.

"일도 돕고 그래?"

"아니. 그럴 만큼 손님이 없어."

"그렇구나."

여전히 감자튀김에 시선을 둔 채 하나씩 집어먹던 지우는 더 이상 말이 없었다.

"웅희는?"

어색한 기분에 괜히 재훈이를 보며 물었다.

"웅희? 글쎄, 웅희는 우리 학원 안 다녀서 모르겠는데."

참, 웅희는 다른 학원이랬지.

"학원 마치고 같이 노는 거야?"

"아니. 이거 먹고 또 학원 가야 해. 저녁 먹으러 온 거야."

같은 학원을 다니는 애들끼리 모여서 저녁을 먹나 보다.

"호두 너, 글은 좀 썼어?"

지우가 여전히 감자튀김을 집어먹으며 물었다.

"아직. 더 이상 어떻게 써야 할지 잘 모르겠어."

"작가님이 일부러 오셔서 수업도 해 주시는데, 작가님 신경 안쓰이게 준비 잘해 와. 가뜩이나 사람도 없는데 제대로 안 해 오고 그럼 안 되잖아."

"알겠어."

지우는 부반장이라 그런지 글쓰기 수업까지 신경이 쓰이나 보다. 글쓰기 수업은 그 후로 한 번 더 있었지만, 여전히 난 도둑맞은 선인장 이야기를 어떻게 이어야 할지 몰라 제대로 쓰질 못하고 있었다.

"넌 잘 쓰고 있어?"

"난 우리 집 강아지 이야기 쓰고 있어."

"강아지 키우는구나?"

"응."

지우는 날 흘끔 보곤 다시 감자튀김에 시선을 고정했다.

딩동.

"862번 고객님, 포장하신 것 나왔습니다."

주문번호를 알리는 점원의 목소리에 들고 있던 영수증의 번호를 다시 확인했다. 862번.

"나왔다. 난 갈게."

"내일 학교에서 보자."

"안녕."

재훈이의 인사에 이어 감자튀김을 든 지우가 힘없이 손을 흔들었고, 곧이어 다른 애들도 날 향해 손을 흔들었다. 어색하게 손을 흔들어 준 뒤 포장된 음식을 들고 패스트푸드점을 나왔다. 아주 오래 있었던 것 같은데 휴대전화의 시계를 보니 고작 십 분 정도 지나 있었다.

감자튀김을 집어먹던 심드렁한 지우의 얼굴이 계속 생각났다. 교실에서도 늘 무표정한 얼굴로 필요한 얘기만 하는 지우는 학교 밖에서도 표정이 많지 않다. 얼마 전 하굣길에 잠시 이야기를 하긴 했지만, 그때도 다르진 않았다.

지우가 쓰고 있다는 강아지 이야기로 생각이 옮겨갔다. 지우가 키우는 강아지는 모르지만, 나도 사진으로 자주 본 강아지가 있다. 작은 아빠가 키우던 강아지. 내가 태어나기 전 이미 하늘나라로 갔다는 커다란 리트리버. 난 한 번도 본 적 없지만, 어쩐지 친숙하다. 엄마와 함께 찍은 사진도 있고, 카메라를 향해 신나게 달려오다 멈춰 서서 웃는 영상도 몇 번이나 봐서 그런가 보다. 아빠는 그 후로 마음이 아파 반려동물은 못 키우겠다고 했다.

작은 아빠가 키우던 강아지로 향했던 생각은 곧 글쓰기에 대한 생각으로 바뀌었다. 내가 쓴 선인장 이야기가 좋은 소재라고, 기대하겠다고 한 작가님의 말 때문인지 잘 쓰고 싶지만, 뒷이야기가 떠오르질 않는다. 내가 글재주가 있는 것도 아니고 글을 쓰고 싶었던 것도 아닌데, 글을 써야 하는 것도 모자라 아예 이야기를 만들어야 한다니.

여러 가지 생각을 하며 걷다 보니 어느새 카페가 나타났다. 여전히 손님은 없고, 창가 테이블에 앉아 시선을 밖에 두고 멍하니 앉아 있는 진규 형만 보였다.

문을 열고 들어가자 진규 형이 자리에서 일어나려다 날 발견하곤 웃었다.

"빨리 왔네?"

"여기요."

진규 형에게 카드를 건네고 손에 든 종이봉투를 흔들었다.

"어디서 먹어요? 방에 들어가요?"

"그냥 여기서 먹자. 햄버거야 금방 먹을 텐데, 뭐. 어차피 손님이 있을 것 같지도 않고."

진규 형은 내 손에 들린 종이봉투를 받아 테이블에 올려 놓고 안에 든 것들을 하나씩 꺼내기 시작했다.

"어?"

봉투의 내용물을 다 꺼낸 형이 음식을 이리저리 살피다 날 쳐다보며 물었다.

"불버거는?"

"어?"

테이블 위에는 새우버거와 치킨버거, 너깃 여섯 조각과 콜라 두 잔이 있었다.

"뭐야, 불버거 없었어?"

아무래도 뒤에 있던 아이들이 신경 쓰여서 주문할 때 실수를 한 것 같다.

"잘못 샀나 봐요. 주문할 때 반 친구들이 있어서……."

"아, 거기서 친구들 만났어?"

"예."

"신제품이라 먹어 보고 싶었는데."

형은 코를 훌쩍이며 테이블 위 음식들을 보더니 작게 혼잣말처럼 덧붙였다.

"감자도 없네."

"죄송합니다."

얼마간 음식만 내려다보던 형은 웃으며 말했다.

"부족하면 다른 것 더 사 먹지, 뭐. 호두는 뭐 먹을래?"

"형이 먼저 고르세요. 제가 잘못 사 왔으니까, 그냥 남은 거 먹을게요."

"아니야. 형은 햄버거 다 좋아해서 새우든 치킨이든 상관없어.

뭐 먹을 거야?"

난 형의 표정을 살피다 새우버거를 집었다.

"그거 먹을래?"

"예."

"그래. 그럼 난 치킨."

버거를 집어 든 형은 순식간에 크게 한 입 베어 물더니 열심히 씹으며 말했다.

"금방 만들었나 보다. 뜨거우니까 맛있는데?"

웃으며 너깃 하나를 집어 들고 입에 넣는 형을 보다 새우버거를 한 입 물었다. 미안함 때문인지 마음이 편하진 않았지만, 새우버거는 맛있었다. 왜 하필 새우버거와 치킨버거를 주문한 건지는 나도 잘 모르겠지만.

"가끔씩 이렇게 먹는 것도 괜찮다. 그치?"

"예."

형이 콜라 컵에 빨대를 꽂아 내 쪽으로 내밀었다. 콜라를 받으려는데 카페 문이 열리고 작은 아빠가 들어왔다.

"아빠."

"오셨어요?"

"응. 저녁 먹어?"

"예. 사장님 저녁 드셨어요? 너깃 좀 드세요."

"아냐, 난 됐어. 맛있게 먹어."

아빠는 내 머리를 괜히 쓱 만지고는 그대로 계산대 뒤쪽의 방으로 들어갔다. 자연스레 진규 형과 눈이 마주쳤다. 진규 형도 아빠의 분위기가 평소와는 다르다고 생각한 것 같다.

방 안으로 들어간 아빠는 뭘 하는지 조용했고, 진규 형과 나도 조용히 햄버거를 먹었다. 다 먹고 나서 진규 형과 정리를 하는 동안에도 아빠가 방에서 나오질 않아서, 방 쪽으로 다가가 슬쩍 안을 살폈다. 아빠는 테이블에 엎드린 채로 가만히 있었다. 잠이라도 든 건가. 계산대 쪽에서 날 보고 있던 진규 형에게 어깨만 으쓱해 보였다.

아빠는 아홉 시가 넘도록 그 자세 그대로 꼼짝도 하지 않았고, 진규 형은 퇴근 준비를 하는지 앞치마를 벗고 가방을 정리했다.

"사장님."

진규 형이 방 앞에 서서 아빠를 불렀고, 아빠는 천천히 몸을 일으켜 진규 형을 쳐다봤다.

"저 들어가 볼게요."

"벌써 시간이 그렇게 됐어?"

아빠가 느적느적 밖으로 나와 시계를 보더니 진규 형의 어깨를 툭 쳤다.

"그래, 고생했어. 얼른 들어가 봐."

"예. 내일 뵙겠습니다."

진규 형은 내게 손을 흔들며 카페 밖으로 나갔고, 아빠는 멍한 눈으로 카페 안을 둘러봤다.

"우리도 들어갈까?"

"응."

가게 정리를 돕고 불을 끈 뒤 카페에서 나왔다. 아빠는 차를 타고 집으로 돌아오는 동안에도 아무 말이 없었다. 아무래도 적응하기 힘든 낯선 모습이다.

"아빠, 무슨 일 있어?"

주차장에 차가 완전히 선 후 아빠에게 물었다.

"응? 왜?"

"그냥."

"아니야."

아빠는 말을 얼버무리며 시동을 끄고 차에서 내렸고, 엘리베이터를 타고 올라가는 동안에도 별다른 말을 하지 않았다. 집에 온 후로도 아빠는 평소와는 다르게 옷도 벗지 않고 부엌 식탁에 앉아 침묵을 지키고 있었고, 난 씻고 잘 준비를 마친 뒤 방으로 들어왔다.

잠시 후 큰아빠가 집에 왔다. 작은아빠의 이상한 분위기 때문인지 큰아빠가 유난히 반가웠다.

"아빠!"

"호두, 오늘 별일 없었어?"

"응."

"그래. 숙제 같은 건 다 했어?"

"오늘은 숙제 없어."

"그래, 그럼 일찍 자자. 아빠도 피곤하네."

큰 아빠는 그렇게 말한 뒤 식탁에 앉아 있는 작은 아빠를 발견하고 말을 걸었다.

"왜 이러고 있어?"

"내버려 둬."

"낮에……."

"나중에 해."

작은 아빠는 큰 아빠의 말을 끊더니 길게 한숨을 뱉었고, 큰 아빠는 그런 작은 아빠를 물끄러미 보다가 방으로 들어가 버렸다.

집안 분위기도 뭔가 이상하다.

나도 다시 방으로 들어와 침대에 누웠다. 아직 졸리진 않지만 특별히 할 것도 없다. 평소라면 아빠들과 TV를 보면서 아빠들이 하는 이야기를 듣겠지만, 오늘은 그런 분위기도 아니다. 왠지 잠도 오지 않을 것 같은 밤이다.

말다툼

"그럼 어떡할 건데."

어디선가 들리는 말소리에 눈을 떴다. 방 안은 여전히 어두컴 컴하고, 시계는 새벽 한 시를 가리키고 있다. 아무래도 침대에 누 워 있다 잠들어 버렸나 보다.

"모르지, 나도. 그렇다고 그냥 가만히 있어?"

살짝 열린 방문 틈 사이로 아빠들이 이야기하는 소리가 들린 다. 내 방문은 닫아도 종종 혼자서 저렇게 열린다. 덕분에 밤늦게 까지 깨어 있거나 오늘처럼 자다 깨는 날은 아빠들이 하는 이야 기를 들을 수 있다. 물론 보통은 TV 소리만 들리거나, 스포츠 중 계에 나오는 선수 이야기가 대부분이지만, 가끔은 엄마 이야기인 적도 있었다.

"그럼 뭐?"

"뭐라도 해 봐야지. 설득도 해 보고."

두 아빠의 목소리를 들으며 침대에서 내려온 난 방문 앞으로 다가가 조심스레 바닥에 앉았다. 잠시 조용하다가 작은 아빠의 목소리가 들렸다.

"이미 그렇게 결정을 하셨다는 걸 설득한다고 뭐가 달라져? 그리고 우리가 왈가왈부할 수 있는 문제가 아니잖아."

"결정을 하셨다 해도 한 번 더 설득해 보는 거지. 최종적으로 어떻게 하실지는 모르지만, 그렇다고 두 손 놓고 가만히 있을 순 없잖아."

말을 멈춘 큰 아빠는 짧은 침묵 뒤에 말을 이었다.

"물론 뜻은 존중해. 그래서 가만히 있었다고 쳐. 그럼 그다음은? 그다음엔 어떡할 건데?"

"몰라, 나도."

"진짜 검사라도 하자는 거야? 그래서 둘 중 한 사람으로 결정하고? 만에 하나라도 둘 다 아니면?"

"하."

무슨 이야기를 하는 건진 모르겠지만, 분위기가 상당히 안 좋은 건 분명하다. 큰 아빠의 목소리는 작긴 하지만 날이 서 있고, 작은 아빠도 목소리에 짜증이 가득하다.

"검사를 하면 되돌릴 수 없어. 결과가 어떻든 간에 지금처럼 살자고 합의한다고 해도 사람 맘이 그렇게 안 돼. 알잖아. 절대로 똑같을 순 없어. 넌 그럴 수 있어? 너랑 아무 상관없다는 게 확실해져도 지금이랑 같을 수 있어? 결국 한 사람이 책임지는 거야. 아닌 거 알면서 지금처럼 지내는 건 불가능해."

"그건 나도 알아. 그럼 어떡하자는 건데? 설득을 해서 안 되면 또 어떡할 건데?"

"좀 조용히 말해. 호두 깨겠어."

작은 아빠의 목소리가 커지자 바로 큰 아빠가 끼어들었고, 두 아빠는 잠시 아무 말이 없었다.

"오늘 하루 종일 이야기해 봤다고. 그 이야기 듣고, 그때부터 계속 설득했어."

진정된 목소리로 작은 아빠가 이야기를 시작했다. 조금 전보다 훨씬 작은 목소리긴 했지만, 문틈 사이로 충분히 들렸다.

"그게 무작정 '해 주세요' 해서 될 일이냐? 그리고 예전부터 그런 이야기 많이 하셨잖아. 혹시 그런 상황이 되면 그냥 받아들이실 거라고."

"그래도, 상황이 이러니까 이야긴 해 봐야지. 너무 갑작스러운 상황이니까."

"그러니까!"

작은 아빠가 큰 아빠의 말을 끊으며 말을 이었다.

"내가 오늘 하루 종일 이야기했다고. 그만큼 확고하고 완강하시다고. 내가 더 이상 무슨 말을 하는 것 자체가 실례일 만큼 충분히 했단 말이야."

두 아빠는 거의 동시에 긴 한숨을 뱉었다.

"일단, 내일 연차 냈으니까 같이 가서 이야기해 보자. 만약 그렇게 마음을 정하셨다고 해도, 그 뒤에 있을 일들도 이야기를 하고 준비해야 하는 거잖아."

"아이 씨, 네가 해. 나도 같이 가긴 하겠지만, 이야긴 네가 해. 난 더 못 해."

아빠들은 그 후로 아무 말도 없었다. 도무지 무슨 일인지 모르겠지만, 안 좋은 일인 건 분명하다. 오늘 작은아빠의 모습도 그랬고, 지금 두 아빠의 다툼도 그렇다.

두 사람은 의견 대립이 잦은 편이긴 하지만 이렇게 무거운 분위기로 다툼을 하는 경우는 흔치 않다. 보통은 어느 한쪽이 말을 멈추거나 자릴 뜨기 때문이다.

각자의 방으로 들어간 건지 방문 닫히는 소리가 연이어 들렸고, 거실은 다시 조용해졌다. 나도 침대 위로 돌아와 이불을 덮고 누웠다.

만약 정말 심각한 일이라면 아빠들끼리만 저렇게 속닥거리진 않을 거다. 그런 상황이 생기면 아빠들은 항상 내게 상황을 설명하고 의견을 물었고, 내 의견을 제일 먼저 생각해 줬다. 내 뜻대로 할 수 없을 때면 알아듣고 수긍할 수 있도록 계속해서 설명했다.

무슨 일일까. 왜 두 아빠는 새벽까지 말다툼을 벌였을까. 그리

고 누구를 설득한다는 걸까. 작은 아빠가 급한 전화를 받고 나가
하루 종일 설득한 사람은 누구일까.

불편한 마음

"호두야, 일어나."

큰 아빠의 목소리에 눈을 뜨니 어느새 아침이다. 어젯밤 두 아빠의 대화를 듣고 침대에 누워 이런저런 생각을 하다 그대로 잠들어 버렸나 보다.

"얼른 씻고 나와서 빵 먹어."

눈을 비비고 일어나 거실로 나왔다.

"일어났냐?"

작은 아빠는 웬일로 소파에 앉아 날 향해 손을 들었다. 하품과 함께 고개를 끄덕이고 욕실로 향했다. 새벽에 깼다 다시 자서 그런지 평소보다 더 졸리고, 자꾸만 눈이 감기려 한다. 세수와 양치를 마치고 나와 빵을 먹고 있으니, 작은 아빠는 역시나 평소답지 않게 욕실로 가서 씻더니 머리를 말리고 옷을 갈아입었다.

학교 갈 준비를 마칠 때까지 두 아빠 모두 별다른 말이 없었다. 원래대로라면 큰 아빠는 이미 출근을 했어야 하고 작은 아빠는 소파에서 비몽사몽 중일 시간이었지만, 큰 아빠는 방에서 나오질 않았고 작은 아빠 혼자 분주하게 나갈 준비를 하고 있다. 어제 엿들은 게 있어서 그런지 큰 아빠가 왜 출근을 안 하냐는 말도 선뜻 입 밖으로 나오지 않았다.

"가자."

작은 아빠가 현관으로 가며 말했고, 나도 가방을 메고 현관으로 향했다.

"잘 갔다 와."

방에서 나온 큰 아빠에게 손을 흔들고 집을 나섰다. 차를 타고 학교로 가는 동안에도 작은 아빠는 아무 말도 하지 않았다. 내가 듣건 말건 계속 무슨 말이든 하는 게 정상인데, 말수가 없으니 괜히 어색했다.

학교 교문에 다다르자 아빠는 차를 멈추고 날 보며 말했다.

"갔다 와라."

질문이라도 해 볼까 하는 생각도 있었지만, 뭘 어떻게 물어야 할지 몰라 그냥 손을 한 번 들어 보이곤 차에서 내렸다. 교실을 향해 걷는 동안에도 무슨 일이 일어나고 있는 건지 궁금했다. 동시에 가슴이 답답해졌다.

교실로 들어가 책상에 가방을 두고 창가의 선인장 상태를 확인

했다. 차라리 아빠가 선인장을 훔쳐 간 범인을 잡겠다고 소란을
피우던 때가 훨씬 좋았던 것 같다.

"호두야."

날 부르는 소리에 고갤 돌리니 웅희가 손을 흔들며 교실로 들
어오고 있었다.

"어제 재훈이랑 애들 만났어?"

"응. 심부름 갔다가."

"하, 내가 있었어야 했는데. 나도 학원 옮길까? 우리 학원은 재
미가 없어."

웅희의 말에 힘없이 웃으며 맞장구를 치고 자리에 앉았다.

"안녕."

교실로 들어오던 지우와 눈이 마주치자 지우가 먼저 인사를 해
왔다.

"안녕."

늘 그렇듯 무표정한 얼굴로 지우는 자기 자리에 앉았고, 뒤이
어 들어온 재훈이도 내 뒤에 자릴 잡고 앉았다.

"너네 어제 뭐 했어? 같이 햄버거 먹었다며."

"그냥 저녁 시간에 잠깐 같이 먹은 거야."

웅희의 물음에 재훈이는 시큰둥하게 대답했다. 그나저나 웅희
는 언제, 누구에게 듣고 교실로 들어오자마자 그 이야기를 꺼낸
걸까. 정말 오만가지 일들을 다 알고 있는 애라 신기하다. 하긴,

우리 반에서 유일하게 내게 아빠가 둘이란 사실도 알고, 지우네도 아빠가 둘이란 사실을 내게 알려 준 애이기도 하니까……. 그게 더 이상한 건가.

자연스레 두 아빠에게로 생각이 옮겨가자 다시 마음이 무거워지고 가슴이 답답해졌다. 곧 선생님이 들어오고 수업이 시작됐지만, 좀처럼 집중할 수가 없었다. 점심시간이 지나고 오후 수업이 이어지는 동안에도 계속 머릿속에 두 아빠의 대화와 집 안에 흐르던 무거운 공기만 떠올라 마음이 불편했다.

수업을 다 마치고 아이들이 하나둘씩 교실을 나가는 모습을 보며 천천히 가방을 정리했다. 카페로 가는 것도, 집으로 가는 것도 별로 내키지 않았다. 어딜 가도 지금보다 마음이 무거워질 뿐, 나아질 것 같진 않았기 때문이다. 학원이라도 다녔다면 집이나 카페가 아닌 다른 갈 곳이라도 있을 텐데.

이미 비어 버린 교실에서 꾸물대다 마지막으로 교실에서 나왔다. 조용한 운동장을 가로질러 교문을 나섰지만, 어디로 가야 할지 모르겠다. 휴대전화를 꺼냈다. 아무런 알림도 와 있지 않다. 평소에도 이 시간에 아빠들로부터 연락이 오는 경우는 없다. 특별한 일이 있지 않다면.

무작정 걷기 시작했다. 그러다 나도 모르게 내 발이 카페로 향하고 있다는 걸 알아차리곤 일부러 뒤돌아 반대편으로 걸었다. 어쨌거나 카페로 가고 싶진 않다.

점점 더워지는 날씨 때문인지 이마에 땀이 맺히기 시작한다. 아직 햇살이 따가운 정도는 아니지만, 바람에 실려 오는 공기가 많이 후끈해졌다. 걷다 보니 목이 말라 눈앞에 보이는 편의점에서 콜라 한 캔을 사서 단숨에 비웠다. 목이 따가워 눈물이 찔끔찔끔 나왔지만 시원한 청량감은 충분히 만족스러웠다.

주변을 둘러보니 낯선 동네였다. 그렇게 오래 걸은 것 같지 않은데도 처음 와 보는 곳이라니. 학교 주변이긴 하지만 매일 다니는 길이 아니고선 걸어 본 적이 없기 때문이겠지.

짧은 한숨을 뱉고선 다시 발걸음을 옮기기 시작했다. 집에서 점점 더 멀어져 가고 있지만, 돌아갈 방법은 많으니 걱정되지는 않는다. 무엇보다 별로 돌아가고 싶은 마음이 없다. 혹시나 하는 마음에 휴대전화를 꺼내 보니 역시 메시지나 전화는 와 있지 않았고, 배터리는 충분해 보였다.

처음에는 주변의 건물들, 길가의 분위기, 상가들의 간판 등을 보며 낯선 거리를 살폈지만, 계속해서 걷다 보니 내 주변이 어떤지 따위는 신경도 쓰지 못하고 생각 속으로 빠져들었다.

두 아빠가 나눈 대화의 문제가 무엇인지 모르겠지만 꽤나 심각한 일인 건 분명하다. 그 후로 두 아빠의 분위기도, 집안 분위기도, 학교, 교실의 분위기도 모두 바뀐 것 같다. 어디에 가도 편하기보단 불편한 마음이 생겼다.

조금씩 무겁게 느껴지던 다리가 아파 잠시 멈춰 서서 주변을 둘러봤다. 아파트 건물들이 오글오글 모여 있고 커다란 상가와 지하철역이 보인다. 주변 상가들은 식당부터 휴대전화 판매점 등 종류를 가리지 않고 줄지어 있고, 건물 위쪽에 달린 학원들의 간판도 눈에 띈다.

그중 어디선가 들어 본 듯한 이름의 학원이 있었다. 아마 웅희가 다니는 학원이었던 것 같다. 재훈이와 지우, 또 우리 반 애들 몇몇은 학교에서 그리 멀지 않은 학원에 다니고, 웅희는 집에서 좀 더 가깝다는 이유로 저 학원에 다닌다고 했다. 그러고 보니 웅희가 다니는 학원은 아빠의 카페로부터 멀지 않다고 했다. 난 분명 카페 반대편으로 꽤 많이 걸어 왔는데.

휴대전화를 꺼내 지도 앱을 켜 내 위치와 주변 지도를 살폈다. 신기하게도 내가 처음 걷기 시작했던 길은 완만하게 굽은 길이었고, 다른 생각을 하며 걸었기 때문인지 아니면 낯선 동네라 아무렇게나 걷다 방향 감각을 잃었기 때문인지, 지금 내가 서 있는 곳은 아빠의 카페에서 그리 멀지 않은 곳이었다. 평소에 동네를 많이 걸어 다닌 적이 없으니 길이 어디로 어떻게 이어져 있는지, 친구들의 집이 어디인지, 다니는 학원이 어디인지 이름만 대충 알고 정확한 위치는 전혀 모르고 있었던 거다.

휴대전화를 집어 넣고 건물 옆에 쪼그려 앉아 아픈 다리를 만졌다. 어느새 하늘이 점점 어두워지고 있다. 이제 어디로 가야 할까. 갈 곳을 찾지 못한 채 눈동자만 굴리는데 학원 건물에서 아이들이 하나둘씩 나오는 게 보였다. 어쩌면 웅희가 나올지도 모르겠다. 저녁 시간이 된 것 같으니까. 그렇게 생각하니 갑자기 배가 고파졌다.

따릉, 따릉.

주머니 속의 휴대전화가 울렸다. 전화를 꺼내 확인해 보니 화면에 작은 아빠라고 쓰여 있다. 받을까 말까 고민이 된다. 내가 전화를 받지 않으면 아빠가 걱정하겠지만, 아빠의 목소리를 들으면 집안에 흐르던 그 무거운 분위기에 깔릴 것만 같았다.

"어? 호두야!"

전화를 보며 망설이다 고갤 들어 보니 바로 앞에서 웅희가 눈을 동그랗게 뜬 채 날 보고 있었다.

"……안녕."

웅희를 향해 어색하게 손을 흔들었다. 놀란 표정이 이내 웃음으로 바뀐 웅희가 내 쪽으로 다가왔다.

"여기서 뭐 해?"

"그냥, 산책하고 있었어."

"카페에 있다가 나왔구나."

"응."

가방을 메고 있긴 했지만 모든 걸 다 설명하는 대신 그냥 그렇다고 했다. 그게 중요한 건 아니니까.

웅희는 학원 입구 쪽을 돌아봤다. 아이들 몇몇이 웅희와 내 쪽을 쳐다보고 있었다.

"우리 이제 마쳐서 편의점 갈 건데, 같이 갈래?"

웅희가 다시 날 보며 물었다. 마침 배도 고프던 참이라 괜찮을 것 같았다. 내가 고개를 끄덕이자 웅희는 내 어깨에 손을 두르곤 학원 입구에서 기다리고 있는 애들에게로 향했다.

"우리 반 애야. 이름은 김호두."

처음 보는 애들과 인사를 나눈 뒤, 여전히 내 어깨에 손을 두른 웅희와 걷기 시작했다. 덕분에 나와 웅희가 앞장서서 걷고 다른 애들이 뒤를 따르는 모양이 되었다. 곧 편의점 하나가 나왔지만 웅희는 편의점에 도착하기 전 횡단보도에 멈춰 섰다.

"저기 편의점 있는데?"

"저 편의점은 작아서 앉을 자리가 없어."

웅희는 뿌듯한 얼굴로 대답하더니 신호가 바뀌자 다시 길을 건너기 시작했다. 건너편 편의점에 도착한 우리는 컵라면과 삼각 김밥 따위를 골랐다. 모두 평소에 늘 하던 일인 것처럼 빠르고 자연스러웠고, 나만 진열대 앞에 멍하니 서 있었다.

"이거 맛있어."

옆에 서 있던 한 친구가 말했다.

"맞아. 나도 이거 자주 먹어. 오늘은 다른 거지만."

웅희가 고개를 끄덕이며 말했다.

특별히 먹고 싶은 게 있는 것도 아니었고, 추천까지 해 줬으니 그걸 먹는 게 맞겠단 생각에 그 라면을 집어 들었다.

한 사람씩 계산을 마치고 구석에 놓인 테이블로 향했다. 라면에 물을 받고 기다리는 동안 웅희와 친구들은 학원 수업 이야기를 했다. 자연스레 나도 듣긴 했지만, 관심이 가거나 흥미 있는 이야긴 아니었다.

라면을 먹으면서 웅희는 맛있지 않느냐고 물었고, 난 그렇다고 대답했다. 그렇게 맛있는 건 아니었지만, 웅희의 얼굴이 규카츠를 먹던 날의 큰 아빠처럼 뭔가 기대하는 얼굴이라 '그저 그렇다'라고 말할 순 없었다.

사소한 대화가 계속 이어졌다. 할머니가 병원에 갔던 날 작은 아빠와 병원에서 컵라면을 먹던 때가 떠올랐다.

대충 다 먹고 난 뒤 정리를 하고 편의점을 나섰다. 다들 각자의 집을 향해 흩어졌고, 난 웅희와 함께 웅희의 집 방향으로 걷기 시작했다.

"너네 집은 이쪽 아니잖아."

"응, 근데 집에 가기 싫어서."

"왜? 무슨 일 있어?"

"아니, 그냥."

"호두 너, 생각보다 모범생은 아니구나."

"어?"

"학교에선 말도 별로 없고, 수업 시간에 딴짓도 안 하고, 지난번 카페 갔을 때도 책이랑 이런 거 테이블 위에 있길래 공부 열심히 하는 줄 알았지."

"아니야. 난 학원도 안 다니잖아."

"그래도……. 참, 그 선인장은 어떻게 됐어? 찾았어?"

"아니. 찾을 수 있을 리가 없지. 아빠도 요즘은 선인장 얘긴 잘 안 해."

다시 한번 느끼지만, 선인장 도둑 잡겠다고 소란 피울 때가 차라리 나았던 것 같다.

웅희와 이런저런 학교에서의 일들을 떠들며 걷다 보니 어느새 웅희의 집 앞에 도착했다.

"집까지 잘 갈 수 있겠어?"

웅희는 아무래도 내가 신경 쓰이나 보다.

"응. 별로 멀지도 않아."

웅희는 잠시 망설이더니 곧 손을 흔들며 집으로 들어갔다. 이미 하늘은 어두워졌고, 휴대전화에는 두 아빠로부터 걸려 온 부재중 전화가 쌓여 있었다. 두 사람이 나를 걱정하고 있다는 건 문자 메시지로도 충분히 전달되었지만, 그럼에도 걱정을 덜어 줄 문자나 전화를 하고 싶진 않았다.

일단 집 쪽으로 걷기 시작했다. 집에 도착하면 바로 방으로 들어가 잠을 잘까. 그래도 씻긴 해야 하지 않을까. 아빠들이 내게 어디 갔었는지, 왜 연락이 안 된 건지 물으면 뭐라고 대답을 해야 할까 생각하며 걸었다.

너무 많이 걸은 건지 다리가 엄청 무겁게 느껴졌다. 더 이상 걷고 싶지 않을 만큼.

멀리 보이던 아파트가 점점 더 가까워졌다. 아파트 단지 입구로 들어서 집을 향해 걷다가 돌아섰다. 아무래도 아빠들과 그 분위기 속에 있고 싶지 않다.

다시 아파트 단지를 빠져나와 할머니 댁으로 향했다. 편의점에서 컵라면을 먹을 때부터 할머니가 보고 싶었고, 할머니라면 그 무거운 분위기와 안 좋은 기분에서 날 지켜 줄 수 있을 것 같았다. 또 내가 아빠들에게 전화하지 않아도 할머니가 대신 해 줄 것이고, 질문 공세가 쏟아지는 것도 할머니가 막아 줄 수 있을 것이며, 잠도 편안하게 잘 수 있을 것이다.

무작정 할머니가 사는 아파트로 가 엘리베이터를 타고 할머니 댁 앞에 섰다. 초인종을 누르자 큰아빠가 문을 열고 나왔다.

"호두야, 너 왜 전화를 안 받아? 어디 갔었어?"

"아······."

할머니 댁에 아빠가 있을 줄은 몰랐다.

"일단 들어와."

문을 연 채 한쪽으로 비켜선 아빠를 보다 그대로 돌아섰다.

"어디 가?"

날 쫓아온 아빠가 내 팔을 붙들고 물었다.

"그냥……."

무슨 말을 해야 할지 알 수 없었다.

"왜 그래? 무슨 일 있어?"

"아니."

"일단 들어가자. 들어가서 이야기해."

아빠의 손에 이끌려 결국 할머니 댁으로 들어왔다. 큰 아빠와 함께 있고 싶은 기분은 아니었지만, 그렇다고 큰 아빠의 손을 뿌리치고 싶지도 않았다.

"호두 왔네. 우리 호두."

할머니는 언제나처럼 환하게 웃으며 날 맞아 주셨다. 난 할머니의 품에 안겼고, 그렇게 조금 있다가 할머니 옆자리에 앉았다. 큰 아빠는 조금 떨어진 곳에 앉아 날 빤히 보더니 말했다.

"호두야, 학교에서 무슨 일 있었어?"

"아니."

"오늘 학교 마치고는 어디 갔었어? 친구들하고 놀았어?"

"아니."

"작은 아빠 카페에 안 갔다던데? 작은 아빠 조금 전까지 너 찾느라고 난리였어. 전화는 왜 안 받았어? 휴대전화 잃어버렸어?"

"아니."

큰 아빠는 차분한 목소리로 계속 물었지만, 어떤 질문에도 대답하고 싶지 않았다. 정확히는 뭐라고 대답해야 할지 생각하는 동안 자꾸 '아니'라는 짧은 대답만 튀어 나갔다.

"잘 들어왔음 됐지, 애한테 자꾸 왜 그래."

할머니가 큰 아빠의 말을 끊고 다시 날 안았다. 난 소파에 앉은 채 할머니에게 반쯤 안겨 있었고, 큰 아빠는 작게 한숨을 뱉었다.

"우리 호두, 배는 안 고파? 저녁 먹어야지?"

"먹었어."

"저녁 먹었어? 뭐 더 안 먹어도 괜찮아?"

"응. 배불러."

"그래, 그래."

할머니는 더 묻지 않고 가만히 내 등을 쓸었다. 조용히 시간이 흘렀고, 얼마 후 정적을 깨고 초인종 소리가 울렸다. 큰 아빠가 문을 열자 작은 아빠가 집 안으로 달려 들어왔다.

"호두야, 어디 갔었어? 왜 전화도 안 받아? 무슨 일 있어? 왜 그래? 너 이 씨, 내가 얼마나 찾아다녔는지 알아?"

작은 아빠가 따발총처럼 말을 쏟아 냈다. 잠시 숨을 고르던 작은 아빠는 아직 할 말이 한참 남은 듯했지만 할머니가 손을 몇 번 저었더니 더 이상 아무 말도 하지 않고 입을 꾹 다문 채 눈썹만 씰룩거렸다.

어색한 분위기와 함께 시간이 흐르고, 마침내 작은 아빠가 일어나며 말했다.

"이제 집에 가자."

난 큰 아빠를 빤히 보다 다시 할머니를 쳐다봤다.

"호두야, 오늘은 할머니 댁에서 잘래?"

내 마음을 알아채기라도 한 듯 큰 아빠가 물었다.

"그래, 호두 오늘 여기서 할머니랑 잘까?"

할머니가 웃으며 말해 난 고개를 끄덕였다.

"응."

"무슨 소리야. 잠은 집에서 자야지."

작은 아빠가 또 말을 잔뜩 쏟아 낼 기세로 끼어들었다. 하지만 앞을 막아선 큰 아빠 때문인지 더는 말이 없었다.

"그래. 오늘은 내가 호두랑 재밌게 놀 거니까, 자네들은 가."

"네. 그럼 편히 쉬세요."

큰 아빠는 할머니에게 그렇게 대답하곤 곧이어 내 어깨에 손을 올리고 말했다.

"할머니랑 재밌게 놀아. 혹시 무슨 일 생기면 전화하고."

"응."

여전히 할 말이 남은 듯 날 보던 작은 아빠는 그 자리에 가만히 서 있다가 큰 아빠의 손에 이끌려 현관으로 가며 소리쳤다.

"호두야, 무슨 일 생기면 전화해! 내일 아침에 학교 안 늦게 잘 준비하고! 데리러 올 때 연락할 테니까!"

"응."

두 아빠가 나간 후에도 여전히 소파에 가만히 앉아 있었다. 할머니는 별다른 말 없이 가만히 내 어깨를 쓸어 줬다. 난 무슨 말을 하는 대신 가만히 할머니 쪽으로 몸을 기댔다. 이유 모를 눈물이 조금씩 차올랐다.

항상 내 편인 사람

"호두, 춥거나 더우면 말해."

"응."

할머니 방에 이불을 깔고 누워 있으니 할머니가 방으로 들어오며 말했다. 불을 끄고 옆에 깔린 이불에 누운 할머니는 크게 심호흡을 했다.

두 아빠가 집으로 돌아간 이후 할머니는 별다른 말없이 내 옆에 앉아 계셨다. 씻기 전 수건을 챙겨 준다거나, 배가 고프지 않냐며 고구마 샐러드를 주신 것 외에는 무슨 일이 있었는지, 오늘 뭐 했는지 등등 아무것도 묻지 않으셨다. 그저 뭔가 불편한 건 없는지만 확인하고 계속 내 옆에 계시기만 했다.

무척 많이 걸어 피곤했지만 이상하게 졸리진 않았다. 가만히 누워 눈을 감고 있어도 잠들 수 있을 것 같지 않아 다시 눈을 떴다. 형광등이 달린 천장만 빤히 보다 슬쩍 고갤 돌렸다. 천장을 향해 누워 눈을 감고 있는 할머니의 옆모습이 보였다.

"할머니, 나 잠이 안 와."

할머니가 내 쪽으로 돌아누우며 말했다.

"잠자리가 불편해서 그래?"

"아니."

주말마다 할머니 댁에서 자고 간다. 지금 이 자리에 똑같이 누워서. 그러니 잠자리가 어색하지도 않고, 불편한 것도 없다.

"우리 호두가 생각이 많은가 보네."

할머니는 손을 뻗어 누워 있는 내 손을 잡았다.

"그냥, 좀…… 집에 가기 싫었어. 아빠들도 뭔가 이상하고, 무슨 일이 있는 것 같기도 하고."

"그래? 무슨 일이 있는 걸까?"

"모르겠어. 어젯밤에 자다 깨서 둘이 이야기하는 걸 잠깐 들었는데, 뭘 설득한다고 하고, 막 다투는 소리가 났어."

"그랬구나. 무슨 일인지 신경 쓰여?"

"음, 아니. 처음엔 궁금하긴 했는데, 지금은 무슨 일이 있는 건지 알고 싶다기보다는 그냥 분위기가 답답해. 두 사람과는 별로 이야기도 안 하고 싶고, 그런 분위기 속에 있고 싶지 않았어. 어제 오후부터 그래서 오늘 학교 마치고도 집으로 가고 싶지가 않았거든. 작은 아빠 카페도 가고 싶지 않았고. 그래서 그냥 무작정 걸었는데 친구를 만나서 같이 있다가, 친구는 집에 가고 난 또 갈 데가 없어서 여기로 온 거야."

"그래, 잘했어."

이야기를 하고 보니 할머니 댁에 큰 아빠가 있었던 게 이상했다.

"근데 큰 아빠는 왜 여기 있었어?"

"호두 찾느라 왔지. 호두에게 무슨 일이 생기면 아빠들은 할머니를 제일 먼저 찾거든."

사실 내가 갈 만한 곳은 집, 작은 아빠 카페 아니면 할머니 댁밖에 없긴 하다.

"친구랑은 재밌게 놀았어?"

"아니, 그냥 편의점 가서 라면만 먹었어. 그러곤 친구 집까지 바래다주고 온 거야."

웅희 이야길 하니 자연스레 지우가 떠올랐다.

"아, 맞다. 할머니, 나 몰랐는데, 우리 반에 지우란 애가 있거든. 걔도 아빠가 두 명이래."

"그래?"

"응, 그렇다고 하더라고. 엄마가 이혼하고 새아빠가 생겨서 그렇대."

"그렇구나. 같은 반에 비슷한 친구가 또 있었네."

할머니는 크게 놀라지 않은 것 같다. 어쩌면 아빠가 둘이라는 건 그렇게 대단하거나 이상한 일은 아닐지도 모르겠다.

"그 친구하고는 친해?"

"아니. 같은 반이고, 글쓰기 수업을 같이 듣긴 하지만 친한 건 아니야. 걔보단 재훈이랑 더 친한 편이긴 해. 자리도 내 뒷자리고. 그리고 반에서 제일 친한 건 웅희야. 지우에게 아빠가 두 명이란 것도 웅희한테 처음 들었어. 오늘 편의점 같이 가서 라면 먹은 친구도 웅희고."

"전에 말한 그 친구구나. 웅희란 애는 어떤 애야?"

"음, 착해. 되게 밝고, 늘 장난치고, 잘 웃고."

"그래. 우리 호두랑은 잘 맞겠네. 우리 호두는 진지하고, 의젓하고, 차분하니까 서로서로 보완이 되고 좋겠어."

"그런가."

"그럼."

할머니는 내 머리를 쓰다듬으며 말을 이었다.

"할머니가 살아 보니까, 친구는 학창 시절에 두루두루 많이 만들어 놓는 게 좋더라. 학교 다닐 때 만난 친구는 나이가 들어서도 어릴 때 놀던 것처럼 편하게 이야기할 수 있고, 예전으로 돌아간 것처럼 즐겁거든. 물론 다 그런 건 아니야. 할머니가 초등학교 동창들 모임에 가면 다들 자식이 뭘 했고, 손주가 뭘 했고 하는 자랑밖에 안 하니까 재미도 할 얘기도 없고 지루하단 말이야. 근데 중학교 때 친구들을 만나면 지금도 학교에서 놀았던 것처럼 놀고 떠들고 하니까 편하고 재밌고 그렇더라."

"응."

"학교는 자연스럽게 여러 친구들하고 어울리기 좋은 환경이니까 어릴 때 다양한 친구들하고 어울려 봐. 그러다 보면 호두가 나이 들었을 때도 친구를 대할 때, 인간관계를 맺을 때 어떻게 하면 되겠다 하는 요령이 생기니까 좋을 거야."

"응."

난 친구가 많은 편은 아니다. 초등학교 저학년 때는 다 같이 잘 어울려 놀았던 것 같지만, 어쩐지 점점 줄어들었다. 그리고 혼자 다른 중학교로 온 뒤로는 아직…… 친구라고 할 수 있는 애는 그나마 웅희와 재훈이 정도인 것 같다.

"엄마는 친구가 많았어?"

할머니는 잠시 생각하다 말했다.

"그랬지. 호두 엄마는 대학교 들어가더니 밤에도 나가 놀고, 툭하면 새벽에 들어오고 그랬어. 매일 친구 만나러 다니고, 할머니가 집에 좀 붙어 있으라고 해도 어느새 나가고 없고 말이야. 호두 엄마가 어릴 때 뭐 하고 싶다, 이런 거 하겠다고 하면 할머니가 대학교 들어가서 하라고 했거든. 그래서 그런지 대학교 들어가더니 뭘 그렇게 하는지, 집엔 잘 안 들어오고 매일 놀러 다녔어."

"뭘 하고 놀았을까?"

"친구들하고 어울려 다니고, 남자 친구도 만나고, 영화도 보고, 술도 마시고 그랬겠지. 할머니가 잔소리하면 늘 '대학교 가면 하라고 했잖아' 그러고 나가 버리니까 할 말이 없더라."

"나도 대학교 가면 그럴까?"

"아빠들하고 잘 이야기해 봐. 아빠들은 어떻게 생각하는지 잘 모르겠네."

"응."

"아무튼, 호두 엄마는 삼십 대 돼서는 마음을 잡았는지, 그때부터는 공부도 열심히 하고 직장도 다니면서 바쁘게 지냈어. 대학교 다닐 때는 할머니가 아프다 해도 약 사 먹으라고 하고 놀러 다니기 바쁘더니, 서른 넘어서는 직접 죽도 끓여 오고 말이야."

"철들었네."

"맞아. 호두 엄마가 서른 돼서 철들었지."

아무리 그래도 엄마가 아프다는데 놀러 가는 건 좀 너무했다. 그건 중학생인 나라도 안 그럴 것 같은데.

"참, 할머니 검사는? 이제 안 아파?"

할머니는 잠시 말없이 내 머리만 쓰다듬다 말했다.

"할머니 안 아파. 조심하라고 했으니까, 의사 선생님이 시키는 대로 약 먹고 조심하면 괜찮을 거야."

"응. 할머니 아프지 마."

"그래, 그래."

할머니는 또 잠시 말이 없다가 작게 말했다.

"호두는 할머니가 만약에 엄마 만나러 하늘나라에 간다고 하면 어떨 것 같아?"

"왜? 왜 가는데?"

"만약에 말이야. 할머니 없이 아빠들하고 지내야 할 텐데 호두 잘 지낼 수 있겠어?"

할머니가 없다면…….

"요즘 같으면 잘 못 지낼 것 같아. 할머니가 있으면 할머니가 다 해결해 주니까. 아빠들이랑 이야기하기 싫은 것도 할머니가 다 막아 주고 대신 해 주니까."

"우리 호두…….

잠시 동안 나와 할머니는 아무 말 없이 누워 있었다. 할머니는 계속 내 머리만 쓰다듬으셨고, 난 눈만 깜빡이며 천장을 올려다 봤다.

할머니가 안 계신다면 주말에 할머니 댁에 오는 일도 없을 테고, 항상 내 편이 돼서 내 이야기를 다 들어 주는, 마음 편하게 이야기할 수 있는 사람이 없어질 거다.

"호두도 이제 연습해야 해."

"연습?"

"이야기하고 싶지 않을 때는 이야기하고 싶지 않으니 나중에 이야기하자고 할 줄 알아야 하고, 좋은 건 좋다, 싫은 건 싫다고 말할 줄도 알아야 해. 아빠들이 자기들끼리 막 다투면서 불편한 분위기를 만들면 그런 점이 불편하다고 말해야 하고. 아빠들도 어른이긴 하지만 사람이다 보니 말을 안 하면 몰라. 호두는 지금 대화가 하고 싶지 않은데 아빠들에게 그런 이야기를 안 했잖아. 집안 분위기가 불편해서 집에 들어가고 싶지 않은 건데 아빠들은 그런 걸 모르니까 아빠들 나름대로 호두에게 무슨 일이 있는 건 아닌지, 뭔가 문제가 있는 건 아닌지 걱정하지. 그러다 오해가 생기게 되거든. 지금 호두가 아빠들이 무슨 이야기를 했는지, 왜 이상한 분위기를 만들었는지 모르고 그냥 불편해하는 것처럼."

"응."

"처음엔 어려울 거야. 아니, 영원히 쉽지 않을지도 몰라. 할머니도 아직 어려워서 말 못하는 이야기들이 있으니까. 그래서 계속 노력해야 하는 거야. 말로 하는 게 힘들면 글로 적어도 되고 메시지로 보내도 되니까, 어쨌든 이야기는 해 주는 편이 좋아. 두 아빠가 호두에게 '무슨 일 때문에 고민이야' 하고 말해 줬으면 우리 호두도 지금처럼 집에 가는 게 불편하진 않았을 것 같은데, 어때? 할머니 말이 맞는 것 같아?"

"그런 것 같아."

할머니는 여전히 날 향해 누운 채로 살짝 웃었다. 난 할머니 쪽으로 좀 더 다가갔다.

"근데, 정말로 말이 안 나오고, 입이 안 떨어지고, 그냥 도망치고 싶고, 안 보고 싶을 땐 어떻게 해야 해?"

"그럴 땐 그냥 그렇다고 있는 그대로 이야기하고 잠시 시간이 필요하다고 말하면 되는 거야. 그렇게 말하는 것도 쉽지 않겠지만, 그 정도 노력은 해야지. 노력하지 않으면 세상에 얻을 수 있는 건 아무것도 없으니까."

"응, 알겠어."

"할머니는 우리 호두 눈만 봐도 다 알지만, 다른 사람들은 아무도 모를 거야. 그러니까 앞으로는 우리 호두도 노력해 보는 거야. 알겠지?"

"응."

할머니는 더 이상 이야기를 이어가지 않고 내 머리만 쓰다듬었다. 난 할머니의 반대쪽 손을 꼭 잡고 눈을 감았다.

비밀이야

"호두야, 밥 먹자."

씻고 나와 옷을 갈아입는데 할머니가 불러 식탁 앞에 앉았다.
식탁 위에는 생선구이와 김치찌개, 나물 반찬들과 김치가 있다.
집에서 아침은 늘 토스트에 잼이었는데, 전혀 다른 메뉴들이다.

"얼른 먹자."

"응."

할머니와 함께 아침을 먹고 있으니 전화가 울렸다.

"여보세요."

"호두야, 지금 갈 테니까 내려와."

"나 밥 먹고 있어."

"그래? 다른 준비는 다 했어? 밥만 먹으면 돼?"

"응."

"알겠어. 그럼 밥 먹고 내려와."

전화를 끊고 나니 할머니가 날 보며 씽긋 웃었다. 천천히 밥을 다 먹고 방에 뒀던 가방을 집어 들었다.

"호두, 학교 잘 다녀와."

"응, 다녀오겠습니다."

할머니에게 인사를 하고 집을 나섰다. 엘리베이터를 타고 지하로 내려가며 작은 아빠에게 전화를 걸었다.

"지하 1층이야."

엘리베이터에서 내리며 말했다.

"알겠어."

주차장으로 나가자 조금 떨어진 곳에 서 있는 작은 아빠의 차가 보였다. 조수석에 올라 안전띠를 매니 작은 아빠는 아무 말 없이 천천히 차를 움직이기 시작했다. 주차장을 빠져나온 후, 아파트 입구의 신호에 걸려 차가 멈췄다.

작은 아빠는 날 슬쩍 보더니 다시 앞으로 고갤 돌리며 말했다.

"잘 잤냐?"

"응."

"할머니랑 뭐 했어?"

"그냥 이야기만 좀 했어."

"이야기?"

신호가 파란불로 바뀌자 천천히 차를 움직이며 아빠가 다시 물었다.

"무슨 이야길 했는데?"

"비밀이야."

아빠는 운전대를 쥔 상태로 고갤 돌려 날 흘끔 보더니 다시 정면으로 고갤 돌렸다.

"왜? 무슨 이야길 했는데 비밀이야?"

"그러니까, 무슨 이야길 했는지가 비밀이란 거야."

"아니, 왜? 하면 안 되는 이야기라도 했어? 아님, 뭐 안 좋은 이야기였어?"

"비밀이라니까."

작은 아빠는 답답한 듯 입맛을 다시더니 혀로 입술을 적셔 가며 말했다.

"무슨, 뭐에 대한 이야기였는지라도 말해 봐."

"싫어."

"왜?"

"비밀이라고."

"아, 거참."

작은 아빠가 살짝 표정을 일그러뜨리고 길게 한숨을 쉬었다. 원래 작은 아빠는 알고 싶은 게 생기면 알아낼 때까지 안달복달하는 성격이다. 선인장을 도둑맞았을 때 그랬던 것처럼. 그리고 다른 데 흥미가 생기면 그 전에 궁금해했던 건 금방 잊는다. 지금 선인장에 더 이상 관심을 보이지 않는 것처럼.

"용돈 줄까?"

"응?"

"그럼 말해 줄래?"

"절대, 절대로 말 안 해 줄 거야."

"하……."

작은 아빠는 학교에 도착할 때까지 할머니와 무슨 이야길 했는지 말해 달라고 졸랐다. 그리고 내가 비밀이라고 할 때마다 점점 더 답답해 미치겠다는 얼굴로 변해 갔다.

학교 교문이 보이는 곳에 차가 멈췄다.

"갔다 올게."

"오늘은 마치면 카페로 올 거야?"

"몰라."

문을 닫고 내리자 곧 차 안에서 소리치는 아빠의 목소리가 들렸다.

"다른 데로 갈 거면 전화라도 해, 알겠지?"

고갤 돌려 차 쪽을 흘끔 본 뒤 대답 없이 교문을 향해 걸었다. 교정을 가로질러 교실에 들어서니 평소보다 조금 늦은 탓인지 대부분의 아이들이 교실에 도착해 있는 듯했다.

곧 담임 선생님이 들어와 조례를 했고, 잠시 후 1교시 수업이 시작됐다. 그 후론 점심시간이 되도록 특별한 일 없이 수업이 진행됐다. 어제보단 집중이 잘 돼서 수업도 잘 들었다. 간간이 웅희, 재훈이와 이야기도 했고 같이 점심도 먹었다. 오후 수업도 별 탈 없이 지나갔다. 수업을 모두 마치고 아이들이 집으로 가기 위해 자리를 정리하는 동안, 창가에 놓인 선인장 화분으로 가 상태를 살폈다.

햇살을 계속 받은 선인장 화분은 조금 마른 것처럼 보였다. 약간의 물을 주고 화분을 다시 햇살이 잘 드는 창가로 옮겨 둔 후 내 자리로 돌아와 가방을 챙겼다.

교실을 나와 운동장을 가로질러 교문을 나섰다. 여전히 카페가 편하진 않지만 달리 갈 곳도 없고, 어제만큼 가고 싶지 않은 기분은 아니라 카페로 향했다. 만약 또 아빠와 이야기하고 싶지 않은 기분이 된다면 어젯밤 할머니가 말한 대로 아빠에게 이야기하면 되겠지. 아마 카페에 가면 또 아빠가 어제 할머니랑 무슨 이야길 했는지 추궁할 게 빤하지만……

천천히 골목을 걸어 카페에 도착해 문을 열고 들어가니 진규 형이 내 쪽을 보며 말했다.

"호두 왔어?"

카페 안을 둘러봤지만 아빠의 모습은 보이지 않는다.

"아빠는요?"

"아까 잠깐 볼일 있다고 나가셨어. 저녁 전에는 온다고 하셨는데, 궁금하면 전화해 봐."

큰 아빠와 이야기하던 그 일은 아직 해결되지 않았나 보다. 그렇단 말은 오늘도 집에 가면 두 사람 사이에 이상한 분위기가 흐르고, 집은 여전히 무거운 공기로 가득 차 있을 거란 얘기겠지.

구석 테이블에 자릴 잡고 앉았다. 가방에서 책을 꺼내 숙제를 하려는데 카페 문이 열리고 부동산 아저씨가 들어왔다.

"어이, 여기 사장님은 또 어디 가셨어?"

"예. 잠깐 급한 일이 있다고……."

"혼자 뭐가 그렇게 바빠. 툭하면 카페는 이렇게 내팽개치고."

아저씨는 나무라듯 말하더니 계산대에 서서 커피를 주문했다. 그러고선 카페를 둘러보다 나와 눈이 마주쳤다.

"안녕하세요."

"그래, 공부하니?"

"예."

아저씨는 웃으며 고갤 끄덕거리더니 진규 형을 보며 말했다.

"이렇게 사장이 자주 자리 비우고 그러면, 그 점포는 잘 안 굴러가게 돼 있어."

진규 형은 말없이 웃기만 했다.

"아니, 내가 알바 친구가 일을 못한다거나 그런 뜻이 아니라, 이게 다 기운이란 거거든. 사장이 직접 자리 지키면서 신경 쓰고, 애정을 쏟고 그래야 손님들도 그걸 느끼고 온단 말이지."

진규 형이 커피를 건네자, 받아든 아저씨는 한 모금 마시고 덧붙였다.

"물론, 커피 만드는 건 알바 친구 실력이 낫긴 해."

두 사람은 서로의 얼굴을 보고 웃었다.

"나 갈게. 수고해."

"예, 안녕히 가세요."

부동산 아저씨가 나가고 나자 진규 형은 기지개를 켰다. 그러곤 내가 앉아 있는 테이블 쪽으로 다가와 의자를 빼고 앉았다.

"공부해?"

"그냥 숙제요."

"어려운 거 없어?"

"다 어려워요."

"그래?"

진규 형은 고개를 빼고 내가 펼쳐 놓은 수학책을 보더니 고개를 끄덕거렸다.

"인수분해구나. 좀 가르쳐 줄까?"

"여기 이거, 무슨 말인지 모르겠어요."

진규 형은 책을 보고 잠시 고민하더니 학교에서 선생님이 해 준 설명보다 훨씬 알아듣기 쉽게 풀이를 해 줬다.

"그래서 이렇게 되는 거야. 이것도 풀어 볼래?"

"예."

진규 형이 알려 준 대로 다음 문제를 풀었다. 아직은 알 듯 말

듯했지만, 방금 배운 대로 천천히 풀어 나갔다.

"오, 잘하네. 맞았어."

진규 형이 고갤 끄덕였다.

"학교에서 배운 것보다 훨씬 쉬워요."

"그래?"

진규 형은 기분 좋은 얼굴로 피식 웃으며 말했다.

"카페 알바 그만하고 과외나 할까."

"왜요?"

"그냥 해 본 말이야."

진규 형은 자리에서 일어나 창가 쪽으로 갔다. 그러곤 멍하니 그 자리에 꿈쩍 않고 서서 창밖만 쳐다봤다.

진규 형에게 배운 대로 남은 문제를 풀다 보니 어떻게 풀어야 하는지 알 것 같아 숙제를 생각보다 빨리 끝냈다. 책을 덮고 잠시 휴대전화를 꺼내 봤지만, 그사이 도착한 문자나 전화는 없었다.

휴대전화를 테이블 위에 올려 두고 엎드렸다. 그 후로 조용한 카페에 몇몇 손님이 찾아와 테이크아웃으로 커피를 사 갔고, 시간은 점점 흘러 바깥이 어느새 어둑어둑해졌다. 슬슬 배가 고프기 시작했고, 과자라도 먹고 싶다는 생각이 들었을 때 카페 문이 열리고 작은 아빠가 들어왔다.

"오셨어요?"

"어, 별일 없었지?"

"예, 늘 그렇듯이."

"손님은 좀 있었어?"

"조금요."

"그래, 고생했어."

두 사람의 대화가 멈췄다 싶더니 아빠가 내게 물었다.

"호두, 자냐?"

"아니."

난 여전히 엎드린 채로 대답했다.

"진욱이가 저녁에 맛있는 거 먹자고 하던데, 연락 못 받았어?"

휴대전화를 집어 들고 확인해 봤지만 큰 아빠로부터 온 연락은 없었다. 평일 저녁에 우리 세 식구가 같이 외식을 하는 일은 잘 없다. 보통은 집에서 다 같이 늦은 저녁을 먹거나, 작은 아빠와 카페 근처에서 간단히 먹거나, 일찍 퇴근한 큰 아빠와 둘이 먹는다.

"곧 올 거 같으니까, 가방 정리하고 갈 준비해."

아빠는 곧이어 진규 형을 보며 말했다.

"나 먼저 들어갈 거니까, 문 잘 잠그고 마감 잘해. 너무 늦게까지 있지 않아도 되니까, 저녁 먹고 좀 있다가 손님 없으면 그냥 들어가."

"예, 걱정 마세요."

가방을 정리하고 테이블에 앉아 있으니 곧 통유리 창 너머로 큰 아빠의 차가 보였다. 진규 형에게 인사를 하고 작은 아빠와 함께 가게를 나와 큰 아빠 차에 올랐다.

"호두, 오늘 별일 없었어?"

"응, 별일 없었어."

큰 아빠가 내게 학교생활에 대해 몇 가지 물은 뒤로 두 아빠는 아무 말이 없었다. 큰 아빠의 차는 조용히 도로를 달려 나갔다.

생각해 보지 않은 일

커다란 카페에서 아이스크림을 앞에 두고 앉았다. 두 아빠의 앞에는 커피가 놓여 있다.

오랜만에 아빠들과 삼겹살을 먹었다. 두 사람 모두 내 학교생활과 친구 관계 등에 대해 묻긴 했지만, 대화가 길게 이어지진 않았다. 아빠들끼리도 일이나 카페 이야기만 짧게 나눴을 뿐 대부분 조용히 먹기만 했다. 큰 아빠는 평소에도 밥을 먹을 때 그렇게 말이 많은 편이 아니지만 작은 아빠는 듣는 사람이 있건 없건 늘 이런저런 이야기를 많이 하는데, 오늘은 그런 이야기도 없었다.

고기를 다 먹고 난 뒤 큰 아빠의 제안에 고깃집 근처 카페로 왔다. 평소라면 작은 아빠가 카페에 가는 걸 반대하고 나섰을 텐데 오늘따라 별말이 없다.

카페에서도 여전히 두 아빠는 말을 꺼내지 않았다. 큰 아빠는 커피만 홀짝거렸고, 작은 아빠는 카페를 이리저리 둘러보기만 할 뿐이다. 나도 가만히 앞에 있는 아이스크림만 떠먹었다. 분위기가 좀 어색하긴 했지만, 내가 먼저 나서서 할 이야기도 없었다.

할머니가 해 준 말이 생각났다. 내가 먼저 말하지 않으면 두 아빠도 내가 무슨 생각을 하는지, 어떤 마음인지 알 수 없을 거라는 말. 하지만 여전히 속마음을 입 밖으로 꺼내는 건 어렵고, 어떻게 시작해야 할지도 잘 모르겠다. 차라리 다른 이야기라면 어떻게든 할 수 있겠지만 말이다.

"호두야."

커피를 한 모금 마신 큰 아빠가 작은 아빠를 쳐다봤다. 두 사람은 무슨 뜻인지 모를 눈빛을 교환하더니 큰 아빠가 입술만 움찔거리며 망설이다 말했다.

"호두는 만약에, 만약에 말이야, 두 아빠 중 한 사람과 살아야 한다면 어떻게 할 거야?"

"응? 왜?"

"그냥 물어보는 거야. 만약 우리 둘 중에 한 사람과 살아야 한다면, 어떻게 했으면 좋겠어?"

갑작스러운 질문에 아무 생각도 들지 않았다. 한 번도 해 본 적 없는 생각이기도 하다. 내겐 늘 두 명의 아빠가 있었고, 서로 많이 다르지만 아무런 문제 없이 잘 지내 왔으니까. 이제 두 아빠랑 사는 게 평범한 일은 아니라는 걸 알게 되긴 했지만, 그럼에도 그게 문제가 된 적은 없었다. 그런데 갑자기 이런 질문을 하는 이유는 뭘까.

작은 아빠가 갑자기 자리에서 벌떡 일어나더니 어슬렁거리며 카페 안을 둘러보기 시작했고, 큰 아빠는 내가 아무런 대답이 없자 다시 물었다.

"그러니까, 혹시나 해서. 만약 그런 상황이 된다면 호두는 어떻게 했으면 좋겠어?"

"몰라."

생각해 보지 않은 일이라 아무것도 떠오르지 않았다.

"왜? 왜 그런 상황이 생기는 거야?"

큰 아빠는 대답을 생각하는 것 같았다. 하지만 꽤 오랫동안 아무런 말도 하지 않았다. 그동안 계속 카페 안을 서성이던 작은 아빠가 말했다.

"신경 쓰지 마. 애한테 왜 쓸데없는 걸 묻고 그래. 아이스크림 더 먹을래? 바닐라 먹었으니까 초코 같은 걸로."

작은 아빠는 당장이라도 아이스크림을 주문할 것처럼 호들갑을 떨었고, 큰 아빠는 한숨을 한 번 푹 쉬더니 자리에서 일어나 화장실로 향했다.

할머니가 말한 것처럼, 내가 두 아빠에게 물어봐야 할 때라는 생각이 들었다. 알고 싶고 궁금한 게 있으면 물어봐야 할 것이다. 하지만 뭐라고 물어야 할지도 모르겠고, 말이 입 밖으로 잘 나오지도 않았다. 그냥 이 이상한 분위기가 싫고, 이렇게 두 사람과 같이 있고 싶지 않았다.

한참 멍하니 있던 작은 아빠가 갑자기 뭔가 생각난 듯 내 쪽을 돌아보며 말했다.

"너, 그 선인장은 확인해 봤어?"

"응?"

"학교에서 선생님이 너보고 관리하라고 한 선인장, 그거 사진 찍어 왔어?"

"아니."

"좀 찍어 오라니까."

"다른 거야."

"확실해?"

"응."

확실한지 아닌지는 나도 모른다. 물론 같은 선인장일 가능성이 전혀 없는 건 아니겠지만, 아닐 확률이 아주 높다. 그나저나 기껏 생각해 낸 게 선인장이라니……. 어이가 없었지만 오히려 반갑기도 했다. 최근 뭔가 바뀐 작은 아빠가 아니라 예전의 작은 아빠가 맞는구나 싶은 생각이 들어서.

"아, 빨리 찾아내야 하는데. 조금 더 커 버리거나 시들어 버리면 도둑을 잡을 수가 없는데."

작은 아빠는 혼잣말하듯 말하며 고개를 흔들었고, 자리로 돌아온 큰 아빠는 그런 작은 아빠를 보고도 아무 반응 없이 테이블을 내려다보며 커피만 홀짝였다.

우린 더 이상 대화를 하지 않고 집으로 돌아왔다. 씻고 잘 준비를 마친 뒤 침대에 누워 있는데 큰 아빠가 방으로 들어왔다. 큰 아빠는 책상 의자에 앉아 날 보며 한숨을 몇 번 쉬더니 말했다.

"호두야, 아까 아빠가 한 말, 그냥 물어본 거니까 신경 쓰지 말고 잠 푹 자. 알겠지?"

"응."

큰 아빠는 내 머리를 쓰다듬고는 불을 끄고 방을 나갔다.

신경 쓰지 말라고 하긴 했지만, 신경이 쓰인다. 갑자기 왜 그런 말을 한 걸까. 두 아빠 중 한 사람이 어디를 가야 하는 걸까? 작은 아빠는 카페를 운영하고 있으니 움직일 수 없을 것이다. 큰 아빠는 회사에서 발령이 나면 멀리 가야 할 수도 있다. 그래서 물어본 걸까? 큰 아빠를 따라갈 것인지, 작은 아빠와 여기 남아 있을 것인지……. 그럼 그날 새벽의 검사 얘기는 뭐였을까?

큰 아빠가 다니는 회사는 전 세계적으로 유명한 곳이고, 그러니 일 때문에 멀리 해외로 나가야 하는지도 모른다. 얼마 전에 회사에 무슨 문제가 있다고 하기도 했다. 그래서 해외에 가기 전에 검사도 받고 예방접종도 해야 하는 상황……일까.

그럼 왜 그냥 그렇게 말해 주지 않는 걸까? 군이 신경 쓰지 말라고 다시 말한 이유는 뭘까.

만약 진짜 그런 상황이라면 난 큰 아빠를 따라가는 것이 좋을까, 작은 아빠랑 여기 남아 있는 게 좋을까.

'정말 두 사람 중 한 사람과 살아야 한다면 누구와 살아야 할까'라는 생각으로 머리가 가득 차 버렸다. 덕분에 잠도 오지 않고, 계속 생각만 하게 된다. 무슨 일이 생긴 건지, 나는 어떻게 해야 하는지…….

"호두야, 일어나야지."

큰 아빠의 목소리에 눈을 떴다. 나도 모르게 잠이 든 모양이다.

"얼른 학교 갈 준비해."

자꾸만 늘어지려는 몸을 억지로 일으켜 대충 씻고, 식빵을 먹었다. 큰 아빠는 그동안 바쁘게 준비하다 먼저 출근했고, 여느 때와 다름없이 속옷 차림으로 소파에 누워 뒹굴던 작은 아빠는 금세 옷을 입고 나왔다.

"준비 다 했어?"

"응."

"그래, 가자."

아빠 차를 타고 학교에 도착한 뒤론 평소와 다름없는 하루가 이어졌다. 가끔은 지루하고 졸린 수업과 특별할 것 없는 급식, 적당히 떠들며 보낸 쉬는 시간.

방과 후 수업 시간이 가까워지자 초조해졌다. 더 이상 진척이 없는 데다 어떻게 써야 할지도 모를 글 때문이다. 하지만 정규 수업은 어느새 끝이 났고, 교실엔 나와 지우만 남았다.

"안녕하세요."

다른 반 애들이 도착하기도 전에 작가님이 먼저 교실 문을 열고 들어왔다.

"오늘은 왜 두 명밖에 없지? 아직 안 왔나?"

교실을 둘러보며 작가님이 물었지만, 지우도 이유를 모르는 듯했다.

똑똑.

노크 소리에 이어 교실 문이 열리고 담임 선생님이 들어왔다. 작가님은 선생님과 함께 복도로 나가 잠시 이야기를 나누더니 곧 다시 교실로 들어왔다.

"아무래도 다른 친구들은 이제 글쓰기 반에 나오지 않을 모양이네요."

작가님은 어딘가 쓸쓸해 보이는 표정으로 말했다.

"두 친구밖에 안 남았지만, 그래도 두 친구는 어느 정도 글이 진행되고 있으니까, 우리 마무리까지 잘해 봐요."

"네."

작가님은 잠시 어색한 미소를 머금고 교실 문 쪽을 보다 말을 이었다.

"그럼 지난 시간 이후로 글을 어떻게 썼는지 좀 볼까요?"

작가님은 지우에게 가서 지우의 글을 보며 작게 이야기를 나눴다. 난 지난 시간과 다름없는 연습장을 내려다봤다. 작가님이 와서 보자고 하면 뭐라고 해야 할까.

지금이라도 뭔가 써 보려고 해 봤지만 펜을 든 손은 움직이질 않는다. 의미 없이 연습장에 줄만 몇 개 그었을 뿐, 작가님이 지우의 글을 다 보는 동안 단 한 글자도 더 쓰지 못했다.

작가님이 내 쪽으로 점점 가까워지는 걸 보며 나도 모르게 눈을 질끈 감았다 떴다.

"호두 학생도 쓴 거 한번 볼까요?"

작가님은 내 연습장을 들고 가만히 보더니 고개를 갸웃거렸다.

"지난주랑 똑같네?"

"네, 못 썼어요."

작가님의 눈치를 살피며 덧붙였다.

"계속 고민해 봤는데, 어떻게 써야 할지 도무지 모르겠어요……."

"음, 그래요. 그럴 수 있죠."

작가님은 고갤 끄덕였다.

"원래 처음엔 다 그래요. 한 문장 쓰기가 어렵고, 시작하기도 어렵고."

"그, 시작도 시작인데, 어떻게 써야 할지 좀……."

"그래요."

작가님은 교탁 앞으로 되돌아갔다. 그러곤 뭔가를 생각하시는 듯 고개를 끄덕거렸다.

"호두 학생은 지금 쓰는 게 너무 어렵게 느껴지면, 선인장을 도둑맞은 뒤를 생각하지 말아요. 도둑맞은 선인장은 다시 찾을 수도 있고, 못 찾을 수도 있겠죠. 하지만 그것과 상관없이 선인장을 도둑맞고 난 뒤로 가족들 사이에 어떤 일이 있었을 수도 있고, 호두 학생의 마음이 어떻게 변했을 수도 있겠죠? 우선 그런 걸 편안하게 써 보는 건 어떨까 싶은데요. 뒷이야기를 억지로 만들려고 하지 말고."

"네."

작가님은 그 후로 글의 구성에 대해 설명했고, 기승전결과 구조에 대해 이야기했다.

"너무 부담 가지지 않아도 좋아요. 두 친구 다 잘하고 있고, 전부 글을 쓰면서 겪는 좋은 과정이니까. 그럼 다음 시간까지 지우 학생은 아까 말한 부분을 살펴보고, 호두 학생은 일단 편안하게 시작해 보는 걸로 할까요?"

"네."

작가님이 나가고, 곧 지우가 자리에서 일어났다. 멍하니 자리에 앉아 있으니 지우가 내 쪽으로 다가와 말했다.

"안 가?"

"응? 가야지."

가방을 챙기고 일어났다. 우리 둘은 같이 교실을 나서 운동장을 가로질러 교문으로 향했다. 주변에 서 있는 자동차가 없는 걸 보니 오늘도 지우는 걸어갈 모양이다. 지우는 가끔 크게 심호흡을 하긴 했지만 내게 말을 걸진 않았다.

"넌 어디로 가? 카페?"

갑자기 지우가 날 보며 말해 깜짝 놀라 지우를 쳐다봤다.

"아, 응."

"카페에 가면 뭐 해?"

"그냥 앉아 있어. 숙제 같은 거 있을 땐 숙제도 하고. 보통은 멍하니 있다가 아빠 퇴근할 때 같이 집으로 가는 식이야."

"그럼 글 쓸 시간이 전혀 없는 건 아니네."

"그렇긴 하지."

지우는 잠시 말을 고르는 것 같더니 조심스럽게 물었다.

"다른 아빠는? 두 분 다 카페 일 하셔?"

"아니. 다른 아빠는 회사원이야."

"그렇구나. 그럼 너 어릴 땐 누가 봐 줬어?"

"할머니. 할머니가 가까이에 사셔."

지우는 고갤 끄덕이다 말고 또 놀란 듯 날 쳐다봤다.

"외할머니셔. 친가 쪽은 할머니가 두 분인 셈이지만, 만난 적은 한 번도 없어."

"그렇구나."

흔치 않은 일이긴 하지만, 사람들과 내 이야기를 하다 보면 궁금해하거나 놀라는 부분이 다들 비슷하다. 그래서 굳이 질문을 듣지 않아도 대답하는 게 어렵지 않다.

　잠시 말없이 걷던 우리는 학교 친구들 이야기를 하다 어느새 아빠의 카페 앞에 다다랐다.

　"안녕."

　지우가 손을 흔들었다.

　"안녕."

　나도 지우를 향해 손을 흔들었다. 점점 멀어져 가는 지우의 뒷모습을 보다 카페 안으로 들어갔다. 오늘은 작가님이 해 준 이야기를 생각하면서 뭐라도 좀 써 봐야겠다.

밤 시간의 집안 풍경

　카페에서 집으로 돌아와, 우리 세 식구는 식탁에 앉았다. 그리고 큰 아빠가 퇴근길에 포장해 온 분식을 펼쳐 놓고 먹기 시작했다. 집에서 다 같이 저녁을 먹자는 제안을 한 건 큰 아빠였다. 아빠도 요즘 집안 분위기가 무겁고 어둡다고 느꼈나 보다. 갑작스런 외식에 이어 또다시 모여 밥을 먹자는 걸 보면 말이다.

　뭘 먹으면 좋겠냐며 먹고 싶은 것을 물어 분식을 먹고 싶다고 했다. 두 아빠는 좀 더 맛있는 걸 먹는 게 어떻겠냐고 했지만, 결국 저녁 메뉴는 분식으로 결정됐다.

　떡볶이와 튀김, 김밥 등이 놓인 식탁에서 두 아빠와 난 별다른 말없이 먹기만 했다. 어느 정도 배가 불렀을 때쯤 큰 아빠가 말을 걸었다.

　"호두야, 우리 다음 주말에 여행이나 갈까?"

"여행?"

"그래. 요즘 날씨도 좋으니까 더 더워지기 전에 가까운 바닷가에 가서 시원한 바다도 보고, 맛있는 것도 먹고. 할머니도 모시고 다 같이."

"좋네."

작은 아빠가 거들었다.

"어차피 카페는 주말에 손님 없으니까 부담도 없고."

두 아빠는 이미 이야기가 된 것처럼 날 쳐다봤다.

"알겠어."

갑작스런 말이긴 했지만, 바다도 보고 맛있는 것도 먹고 오자는 건 좋았다. 할머니와 같이 간다는 것도. 큰 아빠는 휴가가 꽤 있긴 했지만, 작은 아빠와 같이 쉬는 날은 흔치 않다. 작은 아빠가 카페를 하기 전 과일 가게를 할 때도 그랬으니까, 세 식구가 할머니와 함께 여행을 가는 일은 더욱 드문 일이다. 초등학교 4학년 때 다녀온 제주도 이후로 삼 년 만인 것 같다.

"어디로 가?"

"강릉으로 갈까 싶은데."

큰 아빠의 대답에 난 작게 고개만 끄덕였다.

"호두, 너 경포대 갔던 거 기억나?"

작은 아빠가 오징어 튀김을 집어 들고 물었다.

"응, 기억나."

"그때가 몇 살이었지? 일곱 살 때였나? 학교 가기 전이었는데."

"맞아, 일곱 살이었어."

"거기서 너 바다 보고 신나 가지고 물에 들어가고 싶다고 막 울고……. 아휴, 이번엔 그러지 마. 아직은 바닷물 차가울 거야."

"안 그래. 들어갈 생각도 없어."

작은 아빠는 재밌다는 듯 웃으며 오징어 튀김을 먹었다.

"예, 어머님. 저 진욱입니다."

어느새 할머니와 통화 중인지, 큰 아빠는 전화에 대고 말했다.

"다음 주말에 강릉으로 여행 가는 거 때문에요. 호두도 좋다고 하고, 찬웅이도 가게 문 닫는 데 문제없다고 하니까……. 예, 예."

큰 아빠와 눈이 마주치자 큰 아빠가 씨익 하고 웃으며 고개를 끄덕였다.

"예. 숙소는 바닷가 쪽으로 잡았으니까, 예, 예."

작은 아빠는 큰 아빠가 그러거나 말거나 떡볶이를 집어 입에 넣는다.

"예, 그럼 토요일 아침에 모시러 갈게요. 예."

큰 아빠는 전화를 끊고 날 보며 웃었다.

"할머니도 좋다고 하시네. 그럼 그 전에 숙제 같은 거 있음 미리 다 해 놔야 해."

"응."

큰 아빠의 말에 글쓰기가 생각났다. 여전히 손도 못 대고 있는 선인장 이야기. 생각만 해도 눈앞이 깜깜해지는 기분이다.

"무슨 고민 있어?"

계속 날 보고 있었던 건지 큰 아빠가 물었다.

"아니."

"생각이 많아 보이는데?"

"아니야. 그냥, 숙제 때문에."

"숙제? 어려운 문제라도 있어?"

"글쓰기 숙젠데, 어떻게 써야 할지 잘 모르겠어."

큰 아빠는 입을 일자로 만들고선 생각에 잠겼다. 작은 아빠는 또 다른 튀김 하나를 집어 입에 넣고 날 보더니 웃었다. 그러곤 튀김을 우적우적 씹으며 말했다.

"글쓰기는 별거 없어. 그냥 쓰면 되는 거야. 쓰고, 쓰고 또 쓰다 보면 딱 완성되는 거지."

"작가님도 그랬어. 일단 쓰는 게 중요하다고."

"작가님?"

"응. 수업을 작가님이 하셔."

"오, 그래?"

작은 아빠는 그 이상의 관심은 없는 듯 다시 튀김들을 뒤적거렸다.

"그래, 일단 쓰는 게 중요하긴 할 거야."

큰 아빠는 말을 고르는 듯 잠시 눈을 깜빡이다 말을 이었다.

"아빠는 뭔가 해결해야 할 문제가 있거나, 답이 잘 안 나오는 문제가 있으면 꾸준히 그걸 생각하거든?"

"꾸준히?"

"응. 그러니까, 호두랑 이야길 하거나, 회사에서 다른 일을 하거나, 씻을 때나 밥 먹을 때도 한쪽으론 늘 그 생각을 하는 거야. 그렇다고 다른 일에 집중하지 않는다는 건 아니고, 조금이라도 틈이 날 때마다 생각해 보는 거지. 그러다 보면 갑자기 번쩍 해결책이 떠오르기도 하고, 아무 생각 없이 보던 TV에서 하는 말이 답이 되기도 하거든. 그러니까 호두도 그렇게 한번 해 봐. 항상 글쓰기 과제에 대해서 레이더를 세워 두고 있는 거야. 언제 어디에서 아이디어가 떠오를지 모르니까. 레이더를 세워 두지 않으면 어떤 생각이 떠올라도 그게 아이디어가 될 수 있다는 걸 모르고 지나가거든."

"알겠어."

"에이. 뭔가 막혔을 땐 두 손 놓고 아예 생각 안 하는 게 더 도움 되는 거야. 계속 생각해 봐야 답 안 나와. 그냥 잠시 잊고 머릿속에서 지우면, 오히려 새로운 아이디어가 떠오른다니까? 내가 뭘 쓰긴 썼나 싶을 만큼 싹 잊는 거야."

작은 아빠는 큰 아빠와 정반대의 이야기를 했다. 두 사람은 늘 이런 식이라 놀랍지도 않다.

"그럼, 두 가지 다 해 보는 건 어때? 이렇게도 해 보고, 저렇게도 해 보고. 아빠 말대로도 해 보고, 작은 아빠 말대로도 해 보고."

"응."

큰 아빠는 고개를 끄덕이며 내 머리를 쓰다듬은 뒤 식탁을 정리하기 시작했다. 작은 아빠는 왜 아직 먹고 있는데 그러냐며 볼멘소리를 했지만, 이내 나와 큰 아빠에 의해 식탁은 깨끗이 치워졌다.

우리는 거실 소파 주위에 흩어져 앉았다. TV에서는 드라마가 나오고 있었고, 난 TV에 시선을 두고 있었지만 머릿속엔 온통 선인장과 여러 가지 생각으로 가득했다.

큰 아빠는 소파에 앉아 TV 쪽은 쳐다보지 않고 휴대전화만 보고 있고, 작은 아빠는 바닥에 앉은 채 소파에 기대어 TV와 휴대전화를 번갈아 가며 보고 있다. 적당히 떨어져 앉아 제 할 일을 하는, 평소와 전혀 다르지 않은 밤 시간의 집안 풍경이지만 분위기는 다르다. 기분 탓일지도 모르지만, 두 아빠의 모습도 조용한 집안에 가득 퍼지는 TV 소리도 전부 어색하고 낯설게 느껴진다.

단순히 기분 탓이라기엔 좀처럼 나아지지 않는 이 분위기와 내마음은 어떡해야 할지 잘 모르겠다. 이게 사춘기라는 건지, 그래서 이런 건지, 아니면 다른 어떤 건지.

여행

"호두야, 얼른 나가야 해. 할머니 기다리셔."

"응, 다했어."

글쓰기 시간에 쓰던 연습장과 필통을 넣고 가방 지퍼를 닫았다. 가방을 메고 거실로 나오니 현관에서 나를 기다리고 있는 큰아빠의 모습이 보였다.

"빠진 거 없이 다 챙겼어?"

"응."

큰 아빠와 함께 지하 주차장으로 내려가니 시동이 걸린 큰 아빠의 차가 보였다. 뒷좌석 문 옆에 서 있던 작은 아빠가 우릴 발견하곤 조수석 문을 열고 차에 탔다. 운전석에 오르는 큰 아빠를 보며 뒷좌석에 오르자 할머니가 내 손을 잡으셨다.

"아이구, 우리 호두 왔어?"

"응."

할머니는 곧 나를 꼭 안아 줬다. 할머니에게 안겨 할머니의 얼굴을 쳐다봤다. 어쩐지 할머니의 얼굴이 좀 부어 있는 것 같다.

다시 할머니의 손을 잡았다. 기분 탓인지 할머니의 손도 부은 것 같다.

"할머니, 어제 라면 같은 거 먹고 잤어?"

"아니. 할머니는 라면 안 좋아해."

그럼 왜 부었냐는 말이 어쩐지 입 밖으로 나오지 않았다.

그러는 동안 큰 아빠가 모는 차는 천천히 주차장을 빠져나가 도로를 달리기 시작했다.

"아침이라 다들 잠이 덜 깨서 그런지 분위기가 처진다, 처져. 여행인데 분위기 내면서 신나게 가야지. 음악이라도 좀 틀까?"

작은 아빠는 휴대전화와 자동차 오디오를 만지작거렸고, 곧 할머니가 좋아하는 가수의 음악이 흘러나왔다.

"이제 좀 여행 가는 것 같네. 안 그래요?"

동의를 구하려는 듯 할머니를 보며 작은 아빠가 묻자 할머니는 고개를 끄덕이며 웃었다.

작은 아빠 말처럼 분명 여행을 가는 건데 이상하게 신나거나 설레는 기분이 아니다. 가기 싫은 것도 아니고, 급하게 해야 할 일이 있는 것도 아닌데 말이다.

큰 아빠의 차는 얼마간 서울 시내의 복잡한 도로를 천천히 달리다 고속도로로 접어들어 속도를 올리기 시작했다. 할머니는 음악을 들으며 창밖을 향해 고갤 돌렸고, 작은 아빠는 차를 가득 채운 노래를 흥얼거리며 혼자 신이 난 것 같았으며, 큰 아빠는 운전에만 집중했다.

차 안을 쭉 둘러보곤 눈을 감았다. 도로를 달리는 자동차 엔진 소리와 바람 소리인지 바퀴 소리인지 모를 윙윙거리는 소리가 귓가에 계속 울렸고, 한 손에는 할머니의 따뜻한 온기가 느껴졌다. 조금씩 마음이 편안해지는 걸 느끼며 의자 등받이에 완전히 몸을 기댔더니 나도 모르게 긴 한숨이 새어 나왔다. 잠시 그대로 눈을 감고 있었다. 여전히 여행을 간다는 설렘은 없었지만, 그래도 곧 보게 될 바다와 가족들과 함께 먹을 음식, 강릉의 분위기 등은 기대가 되기도 했다.

곧이어 선인장이 떠올랐다. 이젠 아무도 관심이 없는, 도둑맞은 선인장. 글쓰기 때문이긴 하지만 선인장에 대해 생각하는 건 나밖에 없다. 선인장을 훔쳐 간 도둑은 왜 그런 짓을 한 걸까. 왜 화분은 두고 선인장만 뽑아 갔을까. 아무리 생각해도 이유는 알 수가 없다. 당연하지. 그건 훔쳐 간 사람만 알 거다.

그럼 글은 어떻게 써야 하는 걸까. 작가님의 말이 생각났다. 그 후로 우리 가족에게 생긴 변화라면 짧게 끝난 작은 아빠의 호들갑 정도……. 별로 특별할 게 없다. 도둑맞은 선인장은 어디에 있을까. 지금은 다른 화분에 자릴 잡고 잘 자라고 있을까. 뽑혀 나간 채로 죽어 버린 건 아니겠지. 처음에는 선인장이 도둑맞은 상황만 생각했는데, 점점 선인장 자체에 대한 생각이 많아진다. 어디선가 건강하게 잘 자라고 있으면 좋겠다.

"호두야."

날 부르는 소리에 눈을 떴다. 생각을 하다 깜빡 잠이 들어 버린 것 같다. 조수석에 앉은 작은 아빠가 날 보며 피식 웃고 있다.

"어제 잘 못 잤어? 뭘 그렇게 정신없이 자고 그래?"

"몰라. 깜빡 잠들었나 봐."

"자게 놔두라니까."

옆에서 할머니가 작은 아빠를 나무라니, 작은 아빠는 웃으며 고개를 흔들었다.

"앤 휴게소 들어갈 때 안 깨우면 두고두고 뚱해 가지고 골치 아파져요."

"누가 뚱해. 안 뚱하거든?"

"그래. 아무튼 이제 휴게소 들어갈 거니까 일어나."

도로를 달리던 차는 한쪽 옆으로 접어들었고, 곧 넓은 주차장과 휴게소 건물이 나타났다. 차에서 내리려는데 할머니는 꼼짝을 않고 앉아 계셨다.

"할머니는?"

"할머니는 차에서 기다릴게."

문을 열고 내리려다 다시 할머니를 보고 물었다.

"뭐 사 올까?"

"물 하나 사다 줄래?"

"응, 알겠어."

아빠들과 함께 화장실에 들렀다 먹을 것이 잔뜩 있는 건물 안으로 들어갔다. 여기저기서 나는 음식 냄새를 맡으니 점점 배가 고파졌다.

"호두야, 뭐 좀 먹을래?"

"뭘 먹어. 도착해서 맛있는 거 먹어야지. 이런 데서 배 채우면 이따 제대로 못 먹어."

"조금만 먹으면 되지."

두 아빠는 내가 대답하기도 전에 또 자기들끼리 티격태격했다. 언제나 벌어지는 일이긴 하지만, 어쩐지 평소와는 조금 다른 느낌이다. 여행을 왔기 때문일까.

"먹고 싶음 먹어. 핫바 같은 간단한 것도 괜찮고."

"지금 먹으면 나중에 밥 제대로 못 먹는다니까?"

작은 아빠는 혼자 구시렁거리다 호두과자를 발견하곤 내 쪽을 돌아봤다.

"우리 호두, 호두과자 먹을래?"

"됐어."

조금 전까지 뭘 먹으면 밥 못 먹는다던 아빠가 갑자기 호두과자를 권하는 건 순전히 날 놀리고 싶어서 그런 거다.

편의점에서 물을 사서 밖으로 나온 뒤 자동차로 돌아가려는데, 맛있는 냄새가 코끝을 강하게 스쳤다. 돌아보니 맛있게 생긴 알감자 구이를 팔고 있었다. 잠깐 멍하니 보고 있었더니 큰 아빠가 내 쪽으로 왔다.

"알감자 먹고 싶어? 살까?"

"아니, 그런 거 먹으면…….."

작은 아빠는 말을 멈추고 코를 훌쩍거리더니 우릴 지나쳐 차 쪽으로 걸어갔다.

"이거 하나 주세요."

먹겠단 말은 아직 하지 않았는데 큰 아빠는 알감자 구이를 주문하고 감자들이 담긴 종이 그릇을 내게 건넸다. 그러곤 내 머리를 쓱쓱 만지더니 먼저 걸어갔고, 난 아빠를 따라 차로 향했다. 차에 돌아와 앉으며 할머니에게 물을 건넸다.

"고마워, 호두야."

물을 받아 옆으로 옮겨 두는 할머니를 향해 감자를 내밀었다.

"할머니, 감자."

할머니는 감자와 날 한 번씩 보더니 웃으며 말했다.

"할머니는 괜찮아. 우리 호두 많이 먹어."

이쑤시개로 감자 하나를 찍어 입으로 옮겼다. 엄청나게 뜨거워 인상을 찌푸리며 간신히 씹고 있으니 할머니가 손을 들어 내 머릴 쓰다듬었다.

"이럴 때 보면 입맛도 꼭 엄마를 닮았네."

할머니를 쳐다보자 할머니는 말없이 날 보며 웃기만 했다.

"엄마는 감자 별로 안 좋아한다고 하지 않았어?"

"응, 호두 엄마는 감자를 별로 안 좋아했어. 근데 꼭 고속도로 휴게소에만 가면 알감자 구이를 찾았거든."

"아빠도 하나 줘 봐."

작은 아빠가 내 쪽을 휙 돌아보더니 팔을 뻗어 감자 하나를 집어 갔다.

감자는 뜨겁긴 했지만 맛있었다. 하지만 몇 개 집어먹고 나니 아직 반도 더 남았는데 더 이상 먹고 싶지 않아졌다. 그릇을 내려 둘 곳이 없어 한 손에 가만히 들고 창밖으로 고갤 돌렸다.

"뭐야? 그만 먹어?"

어느새 다시 내 쪽으로 고갤 돌린 작은 아빠가 말했다.

"응. 그만 먹고 싶어."

작은 아빠는 피식 웃었다.

"줘. 아빠가 먹을게."

그릇을 아빠에게 건네자 아빠는 그릇을 받아들고 혼잣말하듯 말했다.

"몇 개 주워 먹고 안 먹는다고 하는 것까지 똑같네."

"응?"

"너네 엄마도 그랬어. 꼭 알감자 사 가지고는 반도 안 먹고 다 먹었다고 하는 거."

"그만 먹고 싶은 걸 어떡해."

"그래, 알겠어. 내가 뭐라 그랬어? 그냥 똑같단 거지."

작은 아빠는 입술을 삐죽 내밀며 말하곤 감자를 입에 넣었다.

작은 아빠가 틀어 놓은 노래는 계속 이어졌고, 우리는 더 이상 아무 말도 하지 않았다. 자동차는 한참을 더 달려 강릉 시내에 들어섰다.

"일단 숙소 가서 짐부터 풀고 뭐 먹으러 가는 게 좋겠죠?"

"그래, 그러자."

잠시 후 우리 차는 한 호텔 입구에 멈췄다. 큰 아빠가 수속을 마친 뒤 두 개의 카드 키를 든 채 다가왔고, 우린 다 같이 엘리베이터를 타고 올라가 복도에 내렸다. 카드 키와 객실 문에 적힌 호수를 살피던 큰 아빠가 한 방 앞에 멈춰 섰다.

"여기랑 저긴데, 어머님은 어느 방 쓰시겠어요?"

"난 아무 데나 괜찮아."

"그럼……"

큰 아빠는 할머니께 카드 키 하나를 건네고 날 쳐다봤다.

"호두는 어떡할래? 할머니 방이 침대가 두 개라 할머니랑 같이 방을 써도 되고, 아님 간이침대 하나 더 달라고 하면 되니까 우리랑 방 써도 되고."

어느 방을 누구와 써도 별 상관은 없을 것 같다. 어떡할까 싶어 눈을 굴리다 할머니와 눈이 마주쳤다.

"할머니랑 같이 쓸까?"

"응."

할머니는 기분 좋은 듯 고갤 끄덕였고, 가지고 있던 카드 키로 방문을 열었다.

"짐 정리하고 좀 쉬시다가, 한⋯⋯."

큰 아빠는 시계를 보다 다시 말했다.

"삼십 분 있다 밥 먹으러 가면 어떨까요?"

"그래."

할머니는 대답과 함께 방 안으로 들어갔다. 할머니를 따라 방으로 들어가며 아빠 쪽을 쳐다보자 다른 객실로 향하는 작은 아빠의 뒷모습과 웃으며 내게 손을 흔드는 큰 아빠가 보였다.

방으로 들어와 메고 있던 가방을 침대 옆에 내려 두고 침대에 누웠다.

"호두야, 여기 경치가 좋다. 이리 와서 봐 봐."

할머니가 손짓하는 창가로 갔다.

"와!"

바다가 한눈에 들어와 나도 모르게 작은 소리가 새어 나왔다.

"좋지?"

"응."

"할머니는 침대에서 좀 쉬어야겠다."

잠시 창밖을 보고 서 있던 할머니는 침대로 향했고, 나도 내 침대로 향했다. 그대로 누워 멍하니 있는데 어디서 작게 코 고는 소리가 들렸다. 할머니가 어느새 잠이 들어 계셨다. 차 타고 오는 동안 꽤나 피곤하셨던 모양이다.

한동안 할머니를 보고 있다가 주머니에서 휴대전화를 꺼냈다. 메시지 표시가 떠 있어 확인해 보니 웅희로부터 온 뭐 하냐는 메시지와 지우로부터 다음 주까지 글쓰기를 마무리해 오라는 메시지가 와 있었다. 굳이 주말에도 글쓰기 과제 이야기를 할 필요가 있을까 싶긴 했지만, 그냥 알겠다고 답장을 보냈다. 웅희에게 가족끼리 여행을 왔다는 이야기를 하고 있는데 전화가 울렸다.

"여보세요."

"호두야, 할머니랑 같이 나와. 밥 먹으러 가자."

아빠들은 이미 방을 나선 듯 문 닫는 소리가 연이어 들렸다.

"응. 근데 할머니 잠드셨어."

"어? 그래?"

"응. 많이 피곤하셨나 봐."

잠시 조용하던 큰 아빠는 작은 아빠와 무슨 이야기를 주고받더니 다시 말했다.

"호두, 배 많이 고프니?"

"아니, 아까 감자 먹어서 괜찮아."

"그럼 할머니 좀 쉬시고 나서 이따 갈까?"

"알겠어."

"그래. 무슨 일 있으면 바로 전화하고."

"응."

전화를 끊고 할머니 쪽을 쳐다봤다. 할머니는 입도 살짝 벌린 채 여전히 작게 코를 골며 주무시고 계셨다. 다시 고갤 돌려 천장을 올려다봤다. 하얀 천장이다. 점 하나 찍혀 있지 않은 새하얀 천장. 나는 멍하니 천장만 보며 누워 있었다.

파도치는 바다

"다 왔습니다."

주차를 마친 큰 아빠의 말에 모두 차에서 내렸다. 바다 냄새가 강하게 풍겼지만 바다가 보이진 않았다. 식당 안으로 들어가 1층 홀을 그대로 지나쳐 2층으로 올라가니 그제야 넓게 트인 창문으로 바다가 보였다.

"여기가 전망도 좋고 음식도 맛있거든요."

큰 아빠가 웃으며 말하곤 창가 쪽에 자릴 잡고 앉았다. 할머니와 아빠들은 잠시 무엇을 먹을지 이야기를 나누다 모듬 회를 주문했고, 곧 밑반찬이 테이블에 깔리기 시작했다.

"호두가 회를 좋아해서 다행이네."

우리 식구들은 작은 아빠를 제외하고 다 회를 좋아한다. 엄마도 회를 무척이나 좋아했다고 하고.

작은 아빠는 회를 안 좋아하긴 하지만, 전혀 안 먹는 건 아니다. 그래서 이렇게 할머니까지 다 같이 밥을 먹을 때나 내가 회가 먹고 싶다고 할 때 반대하지 않는다. 식사를 마치고 나서 꼭 다른 걸 더 찾긴 하지만.

평소엔 언제나 말이 많고 불평불만도 서슴지 않는 작은 아빠지만, 오늘은 창밖으로 보이는 바다를 바라보기만 할 뿐 조용하다.

"하 서방은 뭐 다른 거 좀 시켜야 하지 않아?"

"괜찮아요. 아까 누가 먹다 남긴 감자를 다 먹는 바람에 별로 배도 안 고프고."

작은 아빠는 날 보더니 눈썹을 씰룩거렸다. 저런 걸 보면 평소와 다르지 않은 것 같기도 하다.

"정 배고프면 이따 뭘 좀 사 먹어도 되고."

"그래."

할머니가 작은 아빠를 보며 웃자 작은 아빠는 머쓱한 듯 다시 창밖으로 고갤 돌렸다.

잠시 후 커다란 접시에 담긴 회가 나왔다.

"맛있게 드세요."

"잘 먹겠습니다."

"아무래도 바닷가에서 먹는 거라 그런지 회가 싱싱하네."

"그렇죠? 이 집 몇 번 왔는데 올 때마다 괜찮더라고요."

할머니와 큰 아빠가 맛있게 먹는 중에도 작은 아빠는 접시를 흘끔 보다 창밖으로 고갤 돌렸다가를 반복했다.

"아빠, 이거라도 먹어."

땅콩이 든 접시를 들어 작은 아빠 쪽으로 내밀었다. 작은 아빠는 접시를 보더니 피식 웃으며 받았다.

"고맙다."

"호두도 많이 먹어."

"응."

우리 넷은 가벼운 이야기를 하며 회를 먹었다. 강릉에 어디가 좋다, 어디가 어떻다 같은 이야기, 예전엔 강릉이 어땠다 하는 이야기들을 나눴고, 뜬금없이 내 학교생활 이야기가 나오기도 했으며, 날씨와 여름 이야기도 오갔다. 그 뒤론 음식에 이어 생선 이야기까지 이어졌다. 그동안 회가 담겨 있던 접시는 비어 갔고, 곧이어 매운탕이 나왔다. 작은 아빠까지도 맛있게 먹은 매운탕 냄비가 바닥을 보일 때쯤, 다들 테이블에서 조금 물러나 돌아가며 한숨을 뱉었다.

"하, 잘 먹었네."

할머니는 그렇게 많이 드신 것 같지 않았지만 너무 배가 불러 어쩔 줄 모르겠단 표정이었고, 큰 아빠도 격한 운동을 마친 것처럼 힘들어하는 얼굴이었다. 작은 아빠는 매운탕 국물을 몇 번 더 먹고선 숟갈을 놓으며 말했다.

"이 집 매운탕 잘하네."

"호두, 배부르게 먹었어?"

"응, 꼼짝도 못 하겠어."

"나도 배가 불러서 움직이기 힘드네. 좀 쉬었다 나갈까?"

큰 아빠의 말에 할머니도 동의한다는 듯 고개를 끄덕였다. 가만히 식탁을 둘러보던 작은 아빠가 기지개를 켜더니 벌떡 일어나며 말했다.

"난 잠깐 주변이나 좀 둘러보고 올게. 호두도 같이 갈래?"

너무 배가 불러 움직일 맘이 없긴 했지만 우리 중 유일하게 제대로 먹지 않고 계속 지루해하던 작은 아빠라서 혼자 다녀오란 말이 나오질 않았다.

"알았어."

작은 아빠와 함께 식당 밖으로 나왔다. 점점 여름이 가까워지고 있었지만 바닷가라 그런지 공기가 시원해 좋았다.

"저쪽으로 가 볼까?"

바다 쪽으로 나 있는 골목을 가리키는 아빠를 보며 고개를 끄덕였다. 우리는 골목을 따라 걷기 시작했다.

"어때? 할머니랑 아빠들이랑 다 같이 여행 오니까 좋냐?"

"응. 그럭저럭."

"호두 엄마가 강릉을 참 좋아해서 아빠랑도 여러 번 왔었어. 같이 횟집을 간 적은 별로 없지만."

"엄마는 회 좋아했잖아."

"그랬지. 근데 엄마가 회 먹자는 얘길 잘 하지 않아서 아빠는 사실 엄마가 회를 그렇게 좋아하는 줄도 몰랐어. 그래서 엄마랑 횟집을 거의 안 갔지. 강릉에 오면 주로 두부 먹으러 가거나, 고기먹거나, 칼국수, 옹심이 그런 거 먹었어. 카페도 많이 가고."

골목길을 지나자 좁은 2차선 도로가 나왔고 아빠와 난 길을 건넜다.

"강릉까지 왔는데 어디 가고 싶은 데 없냐?"

"뭐가 있는지도 잘 모르는데?"

"강릉에 뭐 많지. 오죽헌도 있고, 또 뭐 있더라……."

"그냥 바닷가에 가고 싶어."

"그치, 여기까지 왔는데 바다는 봐야지."

아빠는 고개를 끄덕이고 또 다른 골목으로 들어갔다. 아빠를 따라 걷다 문득 생각나 물었다.

"아빠, 도둑맞은 선인장 말이야, 그거 어떡할 거야?"

"하, 씨. 내가 어떻게든 그 선인장 도둑 잡아야 하는데 잡을 방법이 없다, 없어."

"진짜 근처 다 돌아봤어?"

"그럼 진짜지 가짜겠냐?"

"근데 못 찾았잖아."

"비슷한 것도 못 봤지. 너네 학교에 있는 선인장은 사진 보니까 다른 거 같긴 하더라."

"다르단 걸 어떻게 알아봐?"

"아빠는 딱 보면 알아."

아빠가 작게 웃으며 말을 이었다.

"빈 화분을 어떡해야 하나."

"이제 더 안 찾아?"

"방법이 없다니까."

아빠는 코를 훌쩍이곤 혼잣말하듯 말했다.

"괜히 버리긴 싫고, 다른 거 심기는 귀찮고. 화분이 문제야."

당연히 못 찾을 선인장이라고 생각했다. 그럼에도 흥분해서 열심히 찾아다닌 아빠가 이상하다고, 괜한 데 힘을 쓴다고 생각했는데 막상 그만 찾는다고 하니 어쩐지 아쉽다. 그래도 조금 더 찾아봤으면…… 하는 생각이 들었다.

"바다네."

아빠가 골목 어귀로 걸어가며 말했다. 고개를 빼고 보니 멀리 파란 하늘과 파도치는 바다가 골목 틈으로 보였다. 천천히 걸어 바닷가에 다다르니 아직은 여름이라기엔 일러서 그런지 사람도 별로 없고 조용했다. 그저 찰싹찰싹, 멀리서 오는 파도 소리만 가득했다.

"속이 다 시원하네."

아빠는 가만히 서서 바다를 보며 말했다.

"응, 시원하네."

아빠가 내 쪽을 보더니 피식 웃었다.

"바다 비린내도 잔뜩 나고. 이제 좀 놀러 온 것 같다."

아빠는 다시 바다를 향해 천천히 걷기 시작했다. 아빠를 따라 파도가 치는 바로 앞까지 다가갔다. 멀어져 가는 바닷물을 향해 한 발짝 두 발짝 걸어갔다 파도가 밀려올 때 뒤로 물러나길 몇 번 했더니 아빠가 말했다.

"너 그러다 빠져서 홀딱 젖는다."

"안 빠지거든?"

아빠는 또 피식 웃더니 바다를 따라 걸었다.

파도에 내 발자국이 사라지는 걸 보다 아빠를 따라 걸었다. 조용히 걷던 아빠가 내 쪽을 돌아보며 말했다.

"호두야, 전에 진욱이가 아빠 둘 중에 한 사람이랑 살아야 한다면 어떨 것 같냐고 했던 거, 기억나?"

"응, 기억나. 왜?"

"그거 생각은 해 봤어?"

"아니. 왜?"

"그냥."

"왜 물어보는 거야?"

"그냥 물어봤다니까. 됐어, 뭐."

아빠는 더 말할 생각이 없는 것 같았다. 그대로 걷기만 하다가 괜히 바다를 쳐다보더니 도로를 가리키며 말했다.

"이제 슬슬 가자. 할머니 기다리시겠다."

"응."

우리 둘은 식당 쪽으로 되돌아갔다. 그 후로 아빠는 아무 말도 하지 않았다. 두 아빠가 왜 자꾸 묻는 건지 모르겠지만, 한 번도 아니고 또 물어본다는 건 이상하다. 무슨 일이 있긴 한 것 같은데.

식당으로 돌아오자 큰 아빠와 할머니는 작게 이야기를 나누다 우릴 발견하곤 자리에서 일어났다.

"어디까지 갔다 온 거야?"

"저쪽으로 가니까 바로 바다가 나오더라고."

작은 아빠가 창밖을 가리키며 말했고, 큰 아빠와 할머니는 고개를 끄덕였다.

"호두, 바다 잘 보고 왔어?"

할머니가 웃으며 말했다.

"응. 시원하고 좋았어."

"우리도 바다 보러 갈까요?"

큰 아빠가 할머니를 보며 묻자, 할머니는 날 보며 다시 물었다.

"그럴까? 호두야, 우리 다 같이 바다 보러 갈까?"

"응."

큰 아빠는 나와 작은 아빠를 보며 물었다.

"저기 괜찮았어?"

"그냥 바다지, 뭐."

"가까운데 저기로 갈까? 아님 다른 데로 갈까? 경포대 해수욕장이나, 안목 해변이나."

"다른 데 가. 여기 바다는 괜찮긴 한데 아무것도 없어. 커피라도 마시려면 다른 데가 낫지."

"그래."

다시 큰 아빠 차에 올랐다. 큰 아빠는 내비게이션을 만지고선 천천히 차를 움직이기 시작했고, 작은 아빠는 할머니가 좋아하는 가수의 신나는 음악을 틀었다. 얼마 가지 않아 우리는 바닷가에 도착했다.

"커피 하나 살까?"

큰 아빠의 말에 작은 아빠가 고개를 끄덕였다.

"어머님, 커피 같은 거 사 올까요?"

"따뜻한 것 있으면 마실게."

"네."

"호두는? 뭐 마실래?"

"난 안 마실래."

큰 아빠는 고갤 끄덕인 뒤 길 건너 카페로 갔고, 잠시 바닷가를 둘러보고 서 있던 작은 아빠도 곧 카페로 향했다.

난 할머니와 자동차 옆에 서 있었다. 할머니는 크게 숨을 들이마시고 내쉬더니 작게 말했다.

"바닷가에 오니 좋네."

"할머니, 가까이 가 볼까?"

"그럴까?"

할머니와 함께 천천히 백사장을 가로질러 파도가 치는 끝자락에 섰다.

"바닷물이 참 파랗네."

할머니는 쪼그려 앉아 밀려온 파도에 살짝 손을 적셨다.

"아직은 물이 많이 차구나."

"그래?"

할머니를 따라 밀려오는 파도에 손을 넣었다. 바닷물은 확실히 차가웠다.

"엄청 차갑네."

할머니는 날 보곤 빙긋 웃더니 자리에서 일어서서 바닷가 저편을 가리켰다.

"저기까지 갔다 올까?"

고개를 돌려 아빠들이 간 카페 쪽을 쳐다봤다. 두 아빠의 모습은 보이지 않았다. 우리를 못 찾으면 전화를 할 거란 생각에 고개를 끄덕이고 할머니와 바닷가를 따라 걷기 시작했다.

"바닷가라 그런지 아직은 선선하구나."

"응. 바람도 시원하고, 하늘도 파랗고."

"호두도 바다 좋아하지?"

"응, 바다에 오면 편안해지는 기분이야."

할머니가 살짝 웃었다. 바닷가를 따라 걷는 할머니의 옆모습과 파란 하늘과 그보다 더 파란 바다를 보며 걷다가, 나도 모르게 불쑥 말이 튀어나왔다.

"아빠들이 나한테 물어봤어."

"뭐라고 물어봤어?"

"두 사람 중 한 사람하고만 살아야 한다면 어떻게 할 거냐고."

"아빠들이 그랬어? 두 사람 다?"

"응. 큰 아빠가 먼저 물어봐서 갑자기 그걸 왜 물어보냐고 했는데, 아까 점심 먹고선 작은 아빠도 같은 걸 물어봤어."

"그랬구나."

할머니는 고개를 끄덕이며 걷다가 곧 나를 보며 물었다.

"그래서 호두는 뭐라고 대답했어?"

"대답 안 했어. 생각해 본 적도 없어서."

"그래."

할머니는 말없이 걷기만 했고, 나도 가만히 할머니 옆에서 걸음을 옮겼다.

"호두는 진짜 그런 상황이 되면 어떻게 할 거야?"

"음, 모르겠어. 근데 왜 두 아빠 중에 한 사람하고만 살아야 하는 거야?"

"글쎄, 그런 상황이 생길 수도 있으니까 혹시나 해서 물어본 게 아닐까?"

어느새 백사장의 끝에 다다랐다. 검은색 바위들이 앞을 막고 있었다.

"흠."

할머니는 바다를 보며 아무 말 없이 서 있었다. 어쩐지 쓸쓸한 기분이 들어 할머니의 손을 잡았다. 할머니는 나를 보며 작게 웃은 뒤 다시 바다로 고갤 돌렸다.

"호두야."

"응?"

"호두는 만약에 누가 돈을 많이 주고, 지금 두 아빠가 아닌 다른 사람이랑 살아야 한다고 하면 어떨 것 같아?"

"돈?"

"그래. 돈을 많이 주면서, 자기랑 살아야 한다고 하면."

"싫어. 돈은 아빠들도 많은데, 뭐."

"그럼 누가 돈을 줄 테니 아빠 중 한 사람이랑 살아야 된다고 하면?"

"그것도 싫어."

두 아빠와 함께 살면서 딱히 돈이 부족하다거나, 가난하다는 생각은 해 본 적이 없다. 돈을 얼마나 주면서 그럴진 모르겠지만…… 아니, 돈을 엄청 많이 준다고 해도 아빠 한 사람이 없어진다면, 그건 별로다. 애초에 돈과 가족을 바꾼다는 게 말이 안 되는 것 아닌가.

"호두야."

"응?"

"할머니가 꼭 해야 할 얘기가 있는데, 말을 꺼내기가 참 어렵다."

할머니도 뭔가 힘든 일이 있나 보다.

"할머니가 그랬잖아, 그래도 말을 해야 한다고. 말로 하기 힘들면 글로 적어서라도 해야 된다고."

"그래, 맞아."

"쉽지 않아도 해야 된다고."

"그래. 할머니도 노력해 볼게."

"응."

할머니는 크게 심호흡을 하곤 우리가 걸어온 바닷가 반대편을 쳐다보며 말했다.

"아빠들이 우릴 기다리고 있나 보네."

할머니를 따라 고갤 돌리니 저 멀리 서 있는 두 아빠의 모습이 보였다.

"아빠들 있는 쪽으로 갈까?"

"응."

할머니와 손을 잡고 다시 걸었다. 아빠들도 나와 할머니를 발견하곤 우리 쪽으로 걸어오기 시작했다. 중간쯤에서 두 아빠와 만났고, 큰 아빠는 들고 있던 컵을 할머니에게 내밀었다.

"따뜻한 라테로 샀어요."

"고마워."

할머니가 커피를 마시는 동안 두 아빠는 나를 빤히 쳐다봤다.

"왜?"

잠시 말이 없던 큰 아빠가 말했다.

"진짜 뭐 안 마셔도 괜찮아?"

"응, 별로 안 마시고 싶어."

"그래."

우리 넷은 잠시 그대로 서서 다 같이 바다를 봤다. 횡횡 하고 부는 바람 소리와 찰싹대는 파도 소리, 파란 하늘과 그보다 더 파란 바다. 노란빛이 도는 백사장에 서서 그렇게 한동안 바다를 바라봤다.

산책

　바닷가에서 나온 우리는 차를 타고 근처 호수를 좀 둘러본 뒤 가까이에 있는 오죽헌에 왔다. 큰 아빠는 내게 율곡 이이와 신사임당에 대해 설명해 줬고, 작은 아빠는 틈틈이 끼어들어 말장난과 농담을 했다. 그럴 때마다 큰 아빠는 작은 아빠의 말이 안 들리는 것처럼 무시한 채 설명을 이어 갔고, 할머니는 가끔 작은 아빠의 말에 피식 웃었다.

　오죽헌을 둘러본 뒤에는 박물관에 들렀다. 또다시 큰 아빠의 설명과 작은 아빠의 농담이 이어졌다. 오죽헌에선 우리와 함께 걸으며 주변을 살펴보던 할머니는 박물관에선 벤치에 앉아 기다리고 있겠다고 하시며 같이 돌아보지 않았다. 관람을 마치고 박물관 밖으로 나오자 할머니는 벤치에 앉은 채 꾸벅꾸벅 졸고 계셨다.

"할머니!"

할머니에게 다가가자 할머니는 날 발견하곤 피곤한 눈으로 웃으며 말했다.

"잘 보고 왔어?"

"응."

할머니의 옆자리에 앉자, 아빠들도 천천히 우리가 있는 벤치 쪽으로 다가왔다.

"이제 어떡할래?"

작은 아빠가 시계를 보며 물었고, 곧이어 큰 아빠와 내가 할머니를 처다봤다.

"피곤하시죠? 저녁은 어떡할까요?"

큰 아빠의 물음에 작은 아빠가 먼저 대답했다.

"아직 배는 별로 안 고프지 않아? 얼마 먹지도 않은 나도 별생각 없는데."

"호두는 배 안 고파?"

할머니는 날 보며 물었다.

"나도 아직은 배 안 고파."

"그래. 그럼 저녁은 천천히 먹는 게 좋겠는데?"

할머니의 말에 큰 아빠가 고개를 끄덕였다.

"일단 숙소로 갈까요?"

우리는 큰 아빠의 말에 자리에서 일어섰다. 차를 타고 숙소로 향하는 동안 작은 아빠 혼자 창밖을 보며 별 의미 없는 농담을 했고, 큰 아빠와 할머니는 크게 반응을 하지 않았다. 덕분에 썩 내키지 않았지만 나 혼자 작은 아빠의 농담에 대꾸해야 했다.

호텔에 도착한 뒤엔 아빠들은 아빠들의 방으로 갔고, 나와 할머니는 우리 방으로 와 침대에 걸터앉았다.

"할머니, 많이 피곤해?"

"좀 걸어서 그런지 피곤하네."

"잘 거야?"

"어떡할까? 잠깐 눈 좀 붙일까."

"알겠어."

"호두 심심하면 TV 봐도 돼. 할머니 때문에 조용히 하지 않아도 괜찮아."

"응."

리모컨을 집어 들고 TV를 켰다. 집에서도 늘 보아 와서 그런지, 시간이 아직 일러서 그런지 볼 것도, 눈에 들어오는 것도 없었다.

"할머니."

"응?"

할머니는 어느새 잠에 취해 있었다.

"나 잠깐 나갔다 와도 돼?"

"어디 가게?"

"그냥, 호텔 주변이나 좀 둘러볼까 싶어서."

"그래. 휴대전화 잘 챙기고, 아빠한테 이야기하고 가."

"응."

침대맡에 던져 뒀던 휴대전화를 챙겨 들고 방을 나와 복도에서 큰 아빠에게 전화를 걸었다.

"여보세요."

"아빠, 나 나가서 호텔 주변 좀 둘러보고 오려고."

"그래. 좀 이따 저녁 먹어야 하니까 너무 멀리 가지 말고. 무슨 일 생기면 바로 전화해."

"응."

전화를 끊은 뒤 엘리베이터를 타고 호텔 로비로 내려왔다. 가고 싶은 곳이 있는 것도, 나와야 할 이유가 있는 것도 아니었다. 그냥 조용한 방에서 재미없는 TV만 보고 있기가 답답했다.

호텔 건물 밖으로 나와 조금 걷다 주머니에서 휴대전화를 꺼냈다. 그동안 새로 도착한 메시지는 없었다. 그냥 몇 마디라도 누군가와 이야기를 하고 싶어 연락처를 보다 웅희에게 전화를 걸었다. 얼마간 통화 연결음이 이어지다 웅희의 목소리가 들렸다.

"여보세요."

"지금 뭐 해?"

"애들이랑 만나서 피시방 가려고."

"아, 그렇구나. 알겠어."

전화를 끊고 다시 연락처를 살피다 재훈이에게 전화를 걸었다.

하지만 아무리 기다려도 재훈이의 목소리는 들리지 않았다. 곧 지금은 전화를 받을 수 없다는 기계음이 나왔다.

한숨을 한 번 쉬고 다시 연락처를 봤지만, 딱히 통화할 사람이 보이지 않았다. 그러다 지우가 보낸 메시지가 눈에 띄었다. 잠시 지우의 번호를 보며 고민하다 통화 버튼을 눌렀다. 짧은 통화 연결음 뒤에 지우의 목소리가 들렸다.

"여보세요."

"응, 나 호둔데."

"알아. 왜?"

"응?"

"왜 전화했어?"

뭐라고 대답해야 할지 생각이 나지 않았다.

"아, 그, 글쓰기 과제 말이야. 잘 하고 있어?"

"하고 있어. 왜?"

"그냥, 궁금해서."

"그거 물어보려고 전화했어?"

"아니, 그런 건 아니고……."

할머니가 했던 말이 떠올랐다. 말을 하지 않으면 오해가 쌓일지도 모른다는 말.

"그냥 해 봤어. 가족들이랑 여행 왔는데 잠깐 시간이 비어서. 혼자 있으니까 뭔가 이야기를 하고 싶은데, 딱히 할 사람도 없어서."

"심심해서 했단 걸 길게도 말하네."

단순히 심심한 거랑은 다르긴 하지만, 반박을 하진 않았다.

"넌 좀 썼어?"

"아니. 어떻게 써야 할지 감이 안 잡혀서 그냥 생각만 하고 있는데, 아무리 생각해도 잘 모르겠어."

"그 도둑맞은 선인장은 지금 어떻게 됐는데? 찾았어?"

"아빠가 찾아보겠다고 온 동네를 뒤지고 다녔는데, 이젠 포기한 것 같아."

"그렇구나."

잠시 말이 없던 지우가 말을 이었다.

"아까 가족들이랑 여행 갔다고 했지? 어디로 갔어?"

"강릉이야."

"강원도로 갔구나. 온 가족이 다 갔어?"

"응, 할머니도 같이."

"그렇구나."

우린 또 말이 없었다. 어색한 정적이 계속 흘렀지만, 입이 움직이질 않았다.

"나 이제 밥 먹으러 가."

"아, 응."

"안녕."

전화는 곧 끊어졌다. 깜빡이는 통화 시간을 보다 휴대전화를 주머니에 넣었다.

"누구랑 통화하는데 그렇게 얼었어?"

언제 온 건지 옆에서 작은 아빠가 날 보며 물었다.

"어? 아니야. 왜?"

"왜는 뭐가 왜야."

"아빠는 왜 나왔어?"

"너 혼자 나간다니까 걱정도 되고, 방에서 진욱이랑 둘이 할 것도 없고 해서 나왔지."

"걱정 안 해도 돼. 내가 한두 살짜리 애도 아니고."

작은 아빠는 입술을 씰룩거렸다. 아빠를 두고 다시 걷기 시작했다. 하늘은 조금씩 어두워지고 있었고, 공기도 조금 전보다 차가워지고 있었다.

"아유, 뭐라도 걸치고 올 걸 그랬나."

작은 아빠는 반팔 티셔츠 밖으로 나온 팔을 쓸면서 말했다.

"여름이 다 됐는데도 강원도라 그런지 저녁엔 쌀쌀하네. 안 춥냐?"

"응, 난 괜찮아."

작은 아빠가 조금 앞서 호텔 건물을 따라 걸었고, 난 한 걸음 정도 떨어져 걸었다. 건물 뒤편으로 이어져 있는 길은 조그만 산책로처럼 꾸며져 있었다.

"할머니랑은 이야기 좀 했어?"

"응? 무슨 이야기?"

"아까 바닷가에서 할머니랑 걸으면서 무슨 이야기 안 했어?"

"딱히. 특별한 이야기 안 했어. 왜?"

작은 아빠는 또 입술을 씰룩거리곤 말했다.

"그냥 물어본 거지."

"아빠는 큰 아빠랑 이야기 좀 했어?"

"무슨 이야기?"

"나야 모르지. 나랑 할머니랑 바닷가 걸을 때 아빠 둘이 카페도 가고 했잖아."

"그치."

작은 아빠는 계속 걸으며 고개를 끄덕이더니, 별것 아니라는 듯 말했다.

"진욱이랑은 원래 별 얘기 안 해. 둘이 있으면 딱히 할 이야기도 없고. 뭐, 필요한 얘기나 하는 거지."

"아빠는 큰 아빠랑 안 친해?"

"흠."

작은 아빠는 갑자기 입을 꾹 다물고 생각에 잠긴 듯 뒷짐을 지고 걸었다. 늘 투닥거리지만 멀어 보이지도 않았던 두 사람이라 당연히 친하다고 생각했는데, 의외로 작은 아빠는 한참을 고민하는 듯했다.

"친하다고 봐야지. 같이 살고 있기도 하고, 다른 사람들 다 떠올려 봐도 진욱이보다 가깝게 지내는 사람은 없는 것 같으니까."

바로 대답이 나오지 않고 고민하는 시간이 길었다는 게 좀 의외였다.

"넌 아빠 둘이랑 살아서 불편한 건 없어?"

"불편한 건 많아."

"많아? 어떤 게 불편한데?"

"어디 가서 엄마 얘기가 나올 때 엄마가 돌아가셨단 얘길 하고 나면 결국 아빠가 둘이란 이야기까지 해야 할 때가 생기니까. 어릴 땐 몰랐는데, 이제는 아빠가 둘이란 게 알려지면 설명을 해야 하고, 사람들이 이상하게 생각하는 것 같기도 하고."

"그래, 그건 그렇겠다."

작은 아빠는 내 쪽을 보며 천천히 고갤 끄덕이곤 다시 걸었다.

"그럼 한 사람하고만 사는 건 어때?"

"응?"

"나나, 진욱이나, 한 사람하고만 사는 건?"

"그건 그것대로 불편할 것 같아. 큰 아빠는 평일엔 항상 바쁘고, 아빠는 늘 카페에서 한가하게 보내지만, 대신 주말도 카페에 나가야 할 거고."

작은 아빠는 이번에도 천천히 고갤 끄덕였다. 아빠와 나는 조용히 산책로를 걸었다. 멀리 보이는 바다를 보며 걷던 작은 아빠가 주머니에서 휴대전화를 꺼냈다.

"여보세요? 어, 우리 지금 호텔 뒤편인데 입구에 있을게."

전화를 끊은 아빠는 고개를 까딱이며 말했다.

"저녁 먹으러 가자네. 입구 쪽으로 가자."

"응."

우리는 산책로 주변 가로등이 하나둘씩 켜지는 걸 보며 호텔 입구로 발걸음을 옮겼다.

할 얘기

할머니가 좋아한다는 식당에서 두부를 먹었다. 내겐 특별한 맛이 나지 않았는데, 아빠들과 할머니는 연신 맛있다고 했다. 분명 건강해지는 것 같긴 했지만, 다시 먹어 봐도 맛이 있는지는 잘 모르겠다.

나를 뺀 세 사람은 두부가 담긴 그릇을 싹싹 비우고 비지찌개에 밥까지 추가로 먹은 뒤 가게를 나섰다. 다들 몹시 만족한 것 같았다. 나도 불만이 있거나 기분이 나쁘거나 한 건 아니었기에 불평을 하진 않았다.

"바로 숙소로 갈까?"

작은 아빠의 말에 큰 아빠가 할머니 쪽을 쳐다보며 물었다.

"숙소로 들어가서 쉬시는 게 좋겠죠?"

"그래. 난 숙소에 내려 주고, 어디 좀 더 돌아보고 싶음 다녀와."

두 아빠는 서로의 얼굴을 보더니 동시에 날 쳐다봤다.

"호두는 어디 가고 싶은 데 있어?"

"아니."

"그래. 그럼 우리도 쉬자."

우린 다시 차를 타고 호텔로 돌아와 방으로 향했다. 난 방으로 들어온 뒤 일단 침대에 누웠고, 할머니는 옷을 갈아입으시고는 간단히 씻은 후 침대에 걸터앉으셨다.

"호두는 안 피곤해?"

"괜찮아."

밤은 점점 깊어 가고 있었다. 난 침대에 누운 채로 창밖의 까만 밤하늘을 바라봤다.

"호두야."

조금씩 졸음이 오려 할 때 할머니가 날 불렀다.

"응?"

"할머니가 우리 호두한테 할 얘기가 있는데."

"무슨 얘기?"

"음……."

잠시 뜸을 들이던 할머니가 조심스럽게 말했다.

"사실은, 할머니가 많이 아파."

"어?"

갑작스런 할머니의 말에 몸을 일으켰다.

"병원에서 할머니 건강이 많이 안 좋다고 하더라."

"다 나아서, 건강해서 퇴원한 거잖아."

"그렇게 말했었지. 근데, 사실 병원에서는 수술을 하기에도 많이 늦어서, 할머니 아픈 걸 당장 치료할 수는 없다고 하네."

할머니가 무슨 얘길 하는지 모르겠다.

"왜?"

"할머니도 이제 나이가 많이 들었고, 병세가 심해서 의사 선생님도 특별히 해 줄 수 있는 게 없는 모양이야."

"그, 그럼 어떡해?"

할머니는 대답 없이 가만히 날 보기만 했다. 너무 갑작스러워서 뭘 어떻게 해야 할지 모르겠다. 머릿속이 하얘졌다. 아무 말도 생각나지 않았다.

"할머니가 미안해, 호두야."

할머니가 미안해할 일이 아니라는 건 알지만, 뭐라고 대답해야 할지 몰라 가만히 있었다.

"할머니가 오래오래 같이 있어 주지 못해서 미안해."

멍하니 할머니만 보며 앉아 있는 것 말고는 할 수 있는 게 없다. 할머니는 그런 날 계속 쳐다보다가 내게 손을 뻗었다. 할머니 옆으로 가 할머니의 손을 잡았다. 그러다 이내 할머니 품에 안겼다. 늘 편안한 할머니 냄새. 따뜻한 할머니 품에 그렇게 가만히 안겨 있었다. 아무 생각도 들지 않고, 그저 멍하기만 하다.

띠로로롱.

휴대전화가 울렸다. 왠지 몸이 움직이지 않아서 그대로 있으니 할머니가 등을 두드리며 말했다.

"전화 받아 봐. 아빠한테 무슨 일이 있는지도 모르잖아."

침대에 올려 뒀던 휴대전화를 집어 들었다. 큰 아빠였다.

"여보세요."

"호두야, 작은 아빠랑 잠깐 나가서 먹을 것도 좀 사고 그러려고 하는데 같이 갈래?"

"응."

같이 가겠단 의미는 아니었다. 그냥 입력된 대답이 튀어나왔다.

"그래. 할머니께 뭐 사 올 거 있는지 물어보고 나와."

"응."

전화는 끊어졌고, 난 그대로 침대에 앉아 있었다.

"아빠가 뭐라셔?"

"응."

할머니의 물음에 또 기계처럼 대답했다. 할머니가 몸을 일으켜 내 쪽으로 와 다시 날 안았다. 우리는 그대로 꼼짝 않고 있었다. 곧 휴대전화가 울리고 문을 두드리는 소리가 들렸다.

"호두 아빠가 왔나?"

할머니가 힘겹게 몸을 일으켜 객실 문 쪽으로 가는 동안에도 난 멍하니 앉아 있기만 했다.

"어머님, 호두는요?"

"잠깐만."

할머니의 짧은 대답 이후에 멀리서 대화를 나누는 두 사람의 목소리가 들렸다. 대화 내용은 들리지 않았다. 잠시 후 방으로 들어온 아빠가 날 꼭 안더니 말했다.

"호두야, 잠깐 편의점에 갔다 오자."

그러곤 내 손을 잡고 일으켜 객실 밖으로 나왔다.

"호두, 조심히 다녀와."

문 앞에 서 있던 할머니의 인사를 뒤로하고 1층으로 내려왔다. 그러곤 호텔 뒤편의 바닷가로 나와 모래사장에 자릴 잡고 앉았다. 언제 나타난 건지 작은 아빠도 내 옆에 털썩 앉았다. 난 고갤 숙이고 모래만 가만히 쳐다봤다.

"많이 놀랐어?"

큰 아빠가 물었다. 고개를 드니 어디가 바다고 어디가 하늘인지 구분하기 힘들 정도로 깜깜했다. 가만히 그 까만 풍경만 보고 있었다.

"당연히 놀랐겠지."

작은 아빠는 조그만 자갈을 집어 들더니 바다를 향해 던지며 말했다.

"지난번 할머니 입원하셨을 때, 검사받고 결과 나오고 나서, 그때 알았어. 할머니도, 우리도."

큰 아빠는 슬쩍 내 얼굴을 살피더니 말을 이었다.

"호두한테도 미리 이야기를 하려고 했는데, 할머니랑 이야기를 먼저 해야 했고, 또 나중에는 할머니가 직접 한다고 하셔서 우리도 이야기를 못 했던 거야."

선선한 바람을 맞고 있어서 그런지, 이야기를 듣고 시간이 좀 지났기 때문인지 아까처럼 머릿속이 하얗지만은 않다. 다만, 이번엔 너무 많은 생각이 한꺼번에 떠올라 할 말을 찾기가 쉽지 않았다. 머릿속에 떠오른 여러 가지 생각 중 아무거나 붙잡고 입 밖으로 뱉었다.

"병원에선 왜 못 고쳐?"

"수술은 할 수 있지만, 한다고 크게 좋아질 것 같지 않다더라. 할머니도 연세가 있으시니까 체력적인 문제도 있을 테고."

옆에 있던 작은 아빠가 짧은 한숨과 함께 말했다.

"당장 무슨 일이 생기는 건 아니야. 그냥 할머니가 더 치료를 안 받으시겠다고 하신 거지."

"어?"

작은 아빠를 쳐다보자 곧 큰 아빠가 말을 이었다.

"치료를 안 받으시겠다는 게……."

잠시 말을 멈춘 큰 아빠는 뭔가를 생각하다 말했다.

"호두, 연명 치료라고 알아?"

"연명 치료?"

"그래. 할머니가 무작정 아무 치료도 안 받으시겠단 건 아니고…… 단순히 생명을 연장하기 위한 치료는 받지 않겠다고 하신 거야. 지금도 병원에서 받은 약은 드시고 있어. 근데 크게……"

큰아빠는 다시 말을 멈췄다.

"무슨 말인지 잘 모르겠어."

잠시 생각하는 것 같던 큰아빠가 차분히 이야기를 시작했다.

"할머니가 몸이 안 좋아지신 게 사실 좀 됐는데, 그냥 별거 아니라고 생각하고 참으시다가 동네 병원에 가 보셨나 봐. 거기서도 별다른 이야기는 없어서 그냥 약 지어 드시고 괜찮은가 보다 하고 지내셨는데, 얼마 전에 너무 아프셨던 거야. 그래서 큰 병원에서 검사를 해 봤는데, 암이래. 신부전증도 심한 상태고."

"수술을……"

"수술을 해도 예후가 좋지 않을 거라는 게 의사 선생님 이야기고, 할머니는 병원에서 가만히 누워 있다가……"

아빠는 다시 말을 멈췄고, 작은아빠는 벌떡 일어나 바다 쪽으로 걸어갔다.

"아무것도 못 하고 그냥 병원에 누워만 있고 싶진 않다고 하셨어. 그런다고 해서 얼마나 더 사실 수 있을지도 모르고…… 그래서 연명 치료는 받지 않겠다고 하신 거야."

무슨 말을 해야 할지 몰라 가만히 있었다.

"또 병원에 있으면 드는 병원비도 그렇고, 가족들이 힘든 것도 싫다고 하시고."

"그래도, 그래도 병원에 입원하면 조금 더 사실 수 있는 거잖아. 수술도 받고 하면."

"그럴 수도 있고, 아닐 수도 있고 그래. 그만큼 많이 안 좋으셔. 아빠도 작은 아빠도 많이 이야기해 봤는데, 할머니가 원하시는 대로 하는 게 맞는 것 같아."

할머니가 곧 사라질 거라는 게 전혀 와닿지 않는다. 머리가 자꾸만 멍해지려고 하고 왠지 졸린 것 같다.

"누구보다 할머니가 제일 힘드시고 많이 아프실 거야. 그러니까 우리도 할머니가 원하시는 대로 하고, 계시는 동안 조금이라도 더 편안히, 행복하게 해 드리는 게 맞지 않을까? 할머니가 병원에 누워서 마지막을 기다리는 게 싫다고 하신 건, 마지막까지 우리 호두랑 즐겁고 행복하게 지내고 싶으시다는 뜻일 테니까."

"응."

큰 아빠는 내 어깨에 팔을 두르고 가만히 앞을 보며 한숨을 뱉었다. 큰 아빠를 따라 고갤 들었다. 괜히 팔을 휘휘 저으며 파도가 치는 바다 앞을 어슬렁거리고 있는 작은 아빠가 보였다.

큰 아빠가 다른 이야기를 더 했지만, 하나도 귀에 들어오지 않았다. 그저 멍하게 모래를 보다가, 거품을 일으키고 멀어지는 파도와 까만 하늘, 그 속에 반짝이는 점처럼 박힌 별을 봤고, 우리 주변으로 가끔 나타났다 사라지는 다른 사람들을 봤고, 계속 바닻가를 어슬렁거리고 있는 작은 아빠를 봤다.

얼마나 그러고 있었는지 모를 정도의 시간이 지나 아빠의 손에 이끌려 호텔로 돌아와 엘리베이터를 타고 내렸다. 객실 쪽으로 천천히 걸어가 할머니와 내가 쓰는 방 문 앞에 도착하자 아빠가 주머니에서 카드 키를 꺼내 문을 열었다.

"들어가서 일단 편안하게 푹 자. 이건 혹시 모르니까 아빠가 가지고 있을게. 무슨 일 생기면 바로 전화해."

아빠는 카드 키를 들어 보이며 말했다.

객실 불은 꺼져 있었고 할머니는 이미 잠들었는지 조용했다. 나는 조심스럽게 침대 쪽으로 걸어가 누웠다.

"호두 왔어?"

잠에서 깬 듯한 할머니의 목소리가 들렸다.

"응."

할머니가 또 무슨 이야기를 하지 않을까 기다렸지만, 할머니는 더 이상 아무 말도 하지 않았다.

"할머니."

"응?"

아직 잠든 건 아니었는지 할머니가 작게 대답했다.

"아니야."

말을 멈추고 침대에 엎드려 창밖을 쳐다봤다. 내 눈엔 까만 하늘만 보였다.

"할머니."

"그래."

할머니가 누워 있는 침대 옆으로 가 할머니를 안았다. 할머니는 내 쪽으로 몸을 틀어 머리를 쓰다듬어 주셨다.

"할머니, 많이 아파?"

"응. 할머니가 좀 많이 아프네."

"나 대학교 가고, 결혼하는 것도 다 보기로 했잖아."

"미안해, 호두야. 할머니가 약속을 못 지키게 됐네."

잠시 할머니 품에 그대로 안겨 있었다. 할머니의 숨소리를 가만히 들으면서. 지금 바로 내 옆에 있는 할머니가 사라질지도 모른다는 생각을 해 봤지만 도무지 사실처럼 느껴지지 않았다. 그럴 일은 영원히 없을 것처럼.

"할머니."

할머니는 이번엔 아무 대답이 없었다.

"나, 어떻게 해야 할지 모르겠어."

여전히 할머니의 대답은 없었다. 벌써 잠든 것 같았지만 계속 이어서 말했다. 나도 모르게 자꾸 말이 나왔다.

"어떻게 할 수도 없다는 걸 알지만, 그래도 어떻게 해야 할지 모르겠어, 할머니."

말을 멈추자 방 안이 조용해졌다. 눈가가 점점 젖어 왔다. 가만히 베개에 얼굴을 묻었다. 정말로 뭘 어떡해야 할지 모르겠다.

새벽 바다

"어때?"

"졸려."

"아니, 바다 말이야. 새벽 바다도 좋잖아."

아빠는 해가 떠오른 바다를 가리키며 말했다.

아침 일찍 작은 아빠가 우리 방으로 들어와 해 뜨는 걸 보러 가자며 날 깨웠다. 어떻게 잠들었는지 기억도 나지 않았고, 조금 더 자고 싶은 마음이었지만, 멍하니 아빠 손에 이끌려 차를 타고 바다로 와 해가 뜨는 모습을 보고 있다.

"그래도 동해에 왔는데 해 뜨는 건 봐야지."

아빠는 바다를 보며 크게 심호흡을 했다.

"그렇게 좋으면 큰 아빠랑 할머니랑 다 같이 오면 됐잖아."

"그야……"

작은 아빠가 잠시 입을 뻐끔거리다 이어 말했다.

"할머니는, 너도 알잖아. 지금 건강이 안 좋으셔서 무리하시면 안 되니까 쉴 땐 쉬셔야지. 사실 이번 여행도 병원에선 무리라고 했어. 그래도 할머니가 괜찮다고 하셔서 온 거고."

"큰 아빠는?"

"숙소에 남아 있겠다고 해서 그러라고 했지. 혹시 모르잖아. 할머니 혼자 계시다가 무슨 일 생길 수도 있고."

작은 아빠는 잠시 입맛을 다셨다.

"이제 좀 괜찮냐?"

"아니, 아직 졸려."

"그거 말고. 이쯤 되면 잠 좀 깨라."

"그럼 뭐?"

"어제 할머니 이야기 들었잖아. 좀 진정이 됐냐는 말이지. 뭐, 얼굴을 보니 어제보단 괜찮아 보이긴 하네. 아직 잠이 덜 깨서 멍한 걸지도 모르겠지만."

아빠가 내 얼굴을 빤히 보더니 짧게 한숨을 뱉었다.

"그냥, 조금 빠른 것뿐이라고 생각해. 사람은 언젠가 다 가는 거니까. 할머니도 오래 같이 계시면 좋겠지만, 호두 엄마도 보고 싶으실 테고."

그렇구나. 할머니는 엄마랑 만나겠구나.

"네가 벌써 열네 살이니까…… 그게 벌써 십사 년이나……. 그렇게 됐구나."

작은 아빠는 혼잣말하듯 말했다. 그러곤 갑자기 손에 들고 있던 물병을 내게 내밀었다. 목이 마르다거나 물을 마시고 싶단 생각은 없었지만, 일단 병을 받아 한 모금 마시고 다시 작은 아빠에게 건넸다.

"하아, 그래, 우리도 언제까지나 그저 덮어 놓을 순 없으니까."

"뭘?"

작은 아빠가 인상을 쓰고 코로 숨을 훅 내쉬었다. 그러곤 입맛을 한 번 다시더니 고개를 갸웃거렸다. 작은 아빠에게서 보기 힘든 심각한 얼굴이다.

"뭐가?"

작은 아빠는 입술만 움찔거릴 뿐 말을 더 잇질 못하더니, 고개를 뒤로 젖히고 한숨을 푹 쉬었다.

"하, 씨, 모르겠다."

작은 아빠는 자기 머리를 마구 헝클더니 또 입맛을 다셨다. 할머니가 해 준 이야기가 생각났다.

"아빠, 할 얘기가 있으면 힘들어도 해야 되는 거래. 말로 하기 힘들면 글로 적어서라도 하는 게 맞댔어. 그러지 않으면……."

"그래, 언젠가는 해야 될 얘기기도 하니까."

"응."

"근데 말이야, 언제 어떻게 이야길 하는 게 좋은 건지도 생각을 해야 하거든. 말하는 사람이 힘들어서이기도 하지만, 받아들이는 사람이 잘 받아들일 수 있을 때를 파악해야 하기도 하니까."

작은 아빠가 모처럼 진지하게 말했다. 가끔은 이렇게 진지한 모습으로 변하기도 한다. 물론 아주 가끔이지만.

"나랑 진욱이도 생각이 많아."

"무슨 생각?"

"호두도 엄마는 없고, 아빠만 둘이라 힘든 일이 있었겠지만, 사실 아빠랑 진욱이도 여러 가지 일이 많았어. 예를 들면 호두 어릴 때, 우리 둘이 호두 널 데리고 밖에 나가면 사람들이 이상하게 볼 때가 있었지. 자주는 아니지만 동성애자 부부로 오해받은 적도 있고. 그래도 그런 거야 뭐, 재밌었지. 별생각도 없었고. 그보단 이런 상황을 못 받아들이는 주변 사람들과 멀어질 수밖에 없다거나 하는 것들은 쉽지 않았지."

작은 아빠는 바다를 잠시 보더니 말을 이었다.

"또, 호두 어릴 땐 둘 다 초보 아빠니까 밤에 갑자기 호두가 아프다거나 무슨 일이 생기면 어떻게 해야 될지를 모르겠는 거야. 그럴 때 제일 먼저 연락해서 물어본 게 할머니였어. 직접 오셔서 봐 주신 적도 많고. 호두가 완전 아기일 땐 더했지. 네가 울음을 안 그치면 우리 둘 다 어쩔 줄 몰라서 매일 할머니한테 전화해서 물어보고, 할머니도 계속 오시고 그랬어. 지금은 호두가 많이 컸으니까 좀 덜하긴 하지만, 이제까지 그랬다 보니 할머니가 안 계시면 앞으로 잘할 수 있을까 싶기도 하고, 무슨 일이 생기면 누구랑 의논해야 하나 싶기도 하고. 생각이 많아."

아빠들은 어른이니까 다 알아서 잘하는 줄 알았다.

"호적도……."

아빠는 또 잠시 바다를 멍하니 봤다.

"호적?"

"그래. 호적도 지금 호두는 할머니 밑으로 되어 있으니까 할머니 안 계시면 법적인 보호자 문제도 있고. 할머니가 엄청 부자는 아니시지만 재산 같은 것도 문제가 되고. 아무튼, 그래."

아빠는 그렇게 말하고 혼자 고개를 끄덕이더니 입을 다물었다.

"아빠, 근데 왜 우린 셋이 같이 살아?"

나도 모르게 불쑥 말이 튀어나왔다.

"무슨 말이야?"

"보통 사람한테 아빠는 한 명이잖아. 근데 왜 큰 아빠랑 작은 아빠는 두 사람 다 내 아빠라고 하고 나랑 같이 살아?"

작은 아빠가 날 빤히 보다 빠르게 눈을 깜빡였다.

"아들이니까, 가족이니까 같이 사는 거지, 뭐. 당연한 걸 물어."

작은 아빠는 괜히 코를 한 번 훌쩍였다.

"아빠가 두 명일 수는 없는 거잖아. 아예 친자 확인 같은 거 해 보면……."

"친자 확인은 무슨. 내 아들인데. 그런 거 할 필요도 없어."

아빠는 그렇게 말하고는 바다를 향해 몸을 돌리곤 괜히 팔을 휘휘 저었다.

"아침 공기가 확실히 신선해."

"아빠, 그럼 난, 진짜 아빠는……."

"마실래?"

아빠가 다시 내게 물병을 내밀었다.

"아니, 괜찮아. 진짜 아빠는……."

"이야, 하늘이 아까보다 더 예쁘다, 그치? 바다도 바다지만, 저 불그스름한 하늘이 말이야."

"……아빠."

작은 아빠는 아무 일도 없었던 것처럼 눈을 깜빡이며 가자는 듯 손을 흔들더니 혼자 걸어가기 시작했다.

"아빠, 그러니까, 내 진짜……."

"아, 씨. 뭐래. 너 진짜……."

아빠가 날 돌아봤다. 그러곤 입을 우물거리며 짧게 한숨을 쉬더니 말했다.

"호두야, 아빠는 진짜 호두 아빠야. 아마 진욱이한테 물어도 똑같이 말할 거야. 그냥 우리 가족은 조금 특별한 거야. 우리 세 식구는 호두가 어디 가지만 않으면 꼭 뭉쳐 있을 거야. 호두가 '나 이제 독립할 거야' 하고 집을 나갈 때까진 셋이서 같이 잘 살 거야. 지금처럼 티격태격하고 지지고 볶고 하면서. 좋으나 싫으나 그런 게 가족이니까. 알겠어?"

"응."

할머니가 내 곁에서 사라지고 나면, 내겐 두 아빠밖에 남지 않는다. 갑자기 그런 생각이 들었다. 아빠들도 언젠가 갑자기 사라지면 어떡하나 하는 생각. 자꾸 둘 중 누구랑 살겠냐고 물어봐서 그런 건지, 왠지 그런 일이 생길 것만 같은 기분이 들었다.

아빠가 내 눈을 빤히 쳐다봤다. 그러곤 갑자기 내 머리를 마구 쓰다듬더니 날 꼭 안았다.

"하아."

귓가에 아빠의 숨소리가 들렸다. 곧 아빠는 괜히 기지개를 켜며 바다 쪽으로 몸을 돌렸다. 그리고 아무 일 없었다는 듯 크게 소리쳤다.

"아, 배고프다!"

다시 내 쪽을 돌아본 아빠는 배를 문지르며 말했다.

"아침 먹고 갈까?"

"할머니랑 큰 아빠?"

"호텔 조식 드시겠지. 여기서 조금만 가면 국밥집이 있거든. 진짜 맛있는데."

"호텔 조식이 더 맛있을 것 같은데."

아빠가 다시 입술을 씰룩거렸다.

"참내, 그래, 가자. 조식이나 먹지, 뭐."

아빠와 함께 차를 주차해 둔 주차장 쪽으로 걸음을 옮겼다.

"진욱이한테 전화해 봐. 아침 먹을 시간 됐다고. 그새 또 잠들었을지도 몰라."

"큰 아빠가 낮잠 자거나, 일어났다가 다시 자는 건 못 봤는데."

"걔도 사람인데 잠들었을 수도 있지!"

아빠가 이번에는 눈썹을 씰룩거렸다.

"알겠어."

자동차가 보이기 시작했다. 주차장을 가로질러 자동차로 가며 주머니에서 휴대전화를 꺼내 큰 아빠에게 전화를 걸었다.

사진 속의 엄마

호텔 3층에 있는 식당에서 아침을 먹고 방으로 올라와 집으로 돌아갈 준비를 했다. 준비라고 해 봤자 다 풀어놓지도 않은 짐을 다시 정리하고 간단히 씻는 것뿐이었지만.

"호두, 짐 다 챙겼어?"

"응."

할머니는 어제보단 조금 기운이 있는 목소리로 말했다. 할머니 말로는 그래도 아침에 제일 컨디션이 좋다고 한다. 그래서 그런지 많이 아픈 것처럼 보이지 않는다.

가방을 침대 옆에 두고 할머니 곁으로 가 침대에 걸터앉았다. 할머니는 아무 말 없이 내 손을 꼭 잡았고 나도 할머니의 손을 잡았다. 할머니와 함께할 시간이 얼마나 더 있을지는 모르겠지만, 갑자기 사라지는 것보단 훨씬 좋다고 생각했다. 어느 날 갑자기 할머니가 말도 없이 사라진다면 그건 더 힘들 게 빤하니까.

똑똑.

"호두야."

객실 문을 두드리는 소리에 이어 큰 아빠의 목소리가 들렸다. 침대 옆에 둔 가방을 메고 할머니의 가방까지 들었다.

"괜찮아. 할머니가 들면 돼."

"아니야. 하나도 안 무거워."

문을 열었다. 큰 아빠가 내가 들고 있는 할머니 가방을 향해 손을 내밀며 말했다.

"빠진 거 없이 다 챙겼어?"

"응. 내가 들게."

"그럴래?"

큰 아빠는 웃으며 내 볼을 쓰다듬고는 할머니에게 물었다.

"가실까요?"

"그래."

객실을 나서 주차장에 세워 둔 차에 모두 오르자 큰 아빠의 차는 천천히 움직이기 시작했다. 돌아가는 길은 출발할 때보다 훨씬 조용하고 어딘가 무거운 분위기였다. 다들 아무 말도 하지 않았다. 한참을 달리다 작은 아빠가 라디오를 켰지만 라디오 진행자만 혼자 떠들고 있을 뿐, 아무도 듣는 것 같지 않았다. 큰 아빠는 운전 중이었고, 작은 아빠와 할머니는 창밖만 바라보고 있다.

서울에 거의 다 왔을 때쯤 큰 아빠가 라디오 볼륨을 줄이고 말했다.

"잠깐 들렀다가 점심 먹고 갈까요?"

"응, 그래."

할머니의 대답에 큰 아빠는 고갤 끄덕이며 고속도로의 옆길로 빠져나왔다. 어딜 들렀다 가자는 건지 말은 안 했지만, 우리가 어디로 가는지는 나도 알고 있다.

얼마간 더 달리자 일 년에 두 번씩은 보는 익숙한 풍경이 나타나기 시작했다. 한적한 도로를 달리던 차가 조그만 주차장에 멈췄고, 할머니와 우리는 천천히 차에서 내렸다.

"올라……가시겠어요?"

"그럴까?"

"괜찮으시겠어요?"

할머니는 오르막길을 잠시 보더니 옅게 웃으셨다.

"운동 삼아 천천히 가면 되겠지."

"호두야, 할머니랑 같이 올라올래?"

"응."

큰 아빠는 웃으며 고개를 끄덕였다. 그러곤 앞장서서 널따란 산길을 오르기 시작했다. 작은 아빠가 큰 아빠의 뒤를 따랐고, 난 할머니 손을 잡고 천천히 움직였다. 그리 높지 않은 오르막이었지만 할머니의 숨소리는 금방 거칠어졌다.

"괜찮아?"

"아유, 힘들긴 하네."

할머니는 잠시 멈춰 서서 크게 심호흡을 했다. 앞장서 가던 두 아빠가 동시에 나와 할머니 쪽을 돌아봤다. 할머니가 고갤 끄덕이자 아빠들은 다시 오르막을 올랐고, 할머니도 다시 발걸음을 옮기기 시작했다.

"좀 더 쉬고 천천히 가도 되는데."

"이제 괜찮아."

할머니는 나와 잡은 손을 괜히 앞뒤로 흔들었다.

얼마간 언덕길을 오르자 조그만 건물과 산 위를 덮은 묘지들이 나타났다. 건물 앞에 쪼그려 앉은 작은 아빠의 모습도 보였다.

할머니의 발걸음에 집중하면서 걷다 보니 어느새 건물에 다다랐다. 작은 아빠는 나와 할머니를 발견하고 한 발 물러섰고, 할머니는 건물 벽을 잡고 서서 날 보며 말했다.

"할머니는 잠깐 숨 좀 돌릴게."

"응."

작은 아빠가 건물 안쪽을 가리키며 내게 손짓했다. 안으로 들어가자 큰 아빠가 서 있었다. 조용히 큰 아빠 옆으로 다가가자 아빠는 내 어깨에 손을 올렸다. 아빠의 시선 끝에는 엄마의 사진이 있다. 자주 봐서 익숙한 사진.

"호두, 엄마한테 하고 싶은 이야기 있어?"

"음……."

딱히 생각해 둔 말은 없었다. 머릿속에 떠오르는 말도 없다.

"그럼 엄마랑 천천히 이야기하고 와."

아빠가 내 등을 툭툭 두드리곤 건물 밖으로 나갔다. 가만히 서서 엄마의 사진을 쳐다봤다.

"엄마."

엄마라고 불러 본 것도 무척 오랜만인 것 같다. 어릴 때는 무작정 아빠들이 시키는 대로 좋알좋알 말도 많이 했는데, 언젠가부터는 여기에 와서도 엄마에게 말을 걸지 않았던 것 같다.

"엄마."

다시 한번 엄마를 불러 봤다. 사진 속의 엄마는 활짝 웃고 있을 뿐, 당연하게도 대답이 없다.

"나 뭘 어떡해야 할지 잘 모르겠는데, 어떻게 하면 되는 거야?"

엄마는 여전히 웃기만 할 뿐이다.

"엄마, 할머니랑 나랑 아빠들이랑 좀 더 오래오래 같이 지내면 안 돼? 엄마가 좀 도와주면 안 돼?"

입구 쪽에서 발소리가 들려 돌아보니 할머니가 들어오고 있었다. 할머니는 천천히 내 옆으로 다가와 엄마 사진을 쳐다봤다.

"희지 잘 있었니?"

할머니가 물었지만, 역시 사진이 대답을 할 리가 없다.

"희지가 엄마 보고 싶어서 부르는 거야?"

왠지 기분이 이상해져 할머니의 손을 꼭 잡았다.

"호두도 이제 다 커서 혼자 잘할 수 있으니까, 그래서 이 엄마를 찾는 거야?"

할머니를 쳐다봤다. 할머니는 옅은 미소를 머금고 엄마의 사진을 향해 말을 걸고 있었다.

"나도 엄마 보고 싶은데."

"그래. 호두 혼자 두고 먼저 그렇게 가놓고 이제 엄마까지 부르면 어떡하니."

할머니가 담담한 목소리로 말을 이었다.

"너를 먼저 보낸 내 잘못인 거 같다. 순서가 바뀌니까 다 꼬인 거야."

할머니의 손을 더 세게 잡았다. 할머니는 날 한 번 쳐다보고는 웃었다.

"할머니가 호두 엄마 만나면, 호두랑 아빠들은 일찍 안 부르게 잘 이야기해야겠다. 호두랑 호두 아빠들은 오래오래 행복하게 잘 살라고."

할머니는 여전히 웃는 얼굴이었고, 목소리도 평온했다. 크게 심호흡을 하고 할머니의 옆에 바짝 붙어 섰다. 잠시 그렇게 엄마의 사진을 보다 할머니와 함께 천천히 돌아서 건물을 나왔다.

큰 아빠와 작은 아빠는 나란히 건물 앞쪽 벽에 기대 쪼그려 앉아 있었다. 건물 밖으로 나온 나와 할머니를 발견한 두 아빠가 동시에 자리에서 일어나 옷을 툭툭 털었다.

"오랜만에 오니까, 여기도 좋네."

할머니가 언덕 아래의 건물과 도로, 풍경을 보며 말했다.

"여기가 은근히 높아요. 밑에서는 별거 아닌 것처럼 보이는데, 막상 올라오면 힘도 들고."

작은 아빠가 할머니의 옆에서 말했고, 큰 아빠는 말없이 내 뒤로 와 내 어깨에 손을 올렸다.

"저런 거 보면 참, 우리나라 사람들 돈 냄새 맡고 일 효율적으로 하려는 건 대단하다 싶죠?"

작은 아빠가 언덕 아래쪽을 손으로 가리켰다. 아빠의 손끝에 장례식장이 보였다.

"그러네."

할머니가 힘없는 목소리로 말했다.

"오늘은 여기도 미세 먼지가 없나 보네요. 저 멀리까지 보이는 걸 보면. 작년이었나, 추석에 왔을 땐 저 앞쪽 건물까지만 겨우 보였거든요. 무슨 가을에도 미세 먼진가 싶더라니까요."

작은 아빠는 여태까지 참았던 수다를 다 쏟아 내려는 듯 계속 말했다.

"집에서 가까우면 더 자주 와도 좋을 텐데, 그죠? 운동 삼아 슬슬 올라오기도 좋고."

할머니는 피식 웃더니 작은 아빠의 팔을 툭 쳤다. 작은 아빠도 멋쩍게 웃었다. 그러곤 더 이상 아무 말도 하지 않았다. 우린 언덕 아래 풍경을 보며 잠시 서 있었다. 햇볕이 내리쬐고 있었지만, 바람이 시원해서 덥진 않았다. 오히려 따뜻한 햇볕과 시원한 바람에 상쾌한 기분이 들었다.

"점심은 어떻게 할까요? 근처에 뭐 먹을 데가 많긴 한데."

"호두는 뭐 먹고 싶어?"

큰 아빠의 물음에 할머니가 나를 보며 물었다.

"난 아무거나."

"얜 맨날 아무거나야. 너네 엄마도 먹고 싶은 건 확실했고, 나도 그렇고, 쟤도 그런데, 어디서 아무거나는 배워서."

작은 아빠가 투덜거렸다. 그러자 할머니가 말했다.

"그건 날 닮았나 보네. 나도 아무거나 괜찮으니까, 어디 괜찮은 곳 있으면 가지."

작은 아빠는 당황한 듯 눈썹을 들썩거리곤 고갤 끄덕였다.

"그, 뭐, 조금만 가면, 만둣국 엄청 맛있는 집도 있고, 보쌈 잘하는 집도 있고."

다급히 말하는 작은 아빠를 보며 할머니가 슬쩍 웃었다. 작은 아빠는 할머니가 웃자 빠르게 말을 이었다.

"비빔밥 맛집도 있는데, 거기로 가실까요?"

"좋지. 호두는 어때?"

"응, 나도 좋아."

작은 아빠가 큰 아빠에게 손을 내밀었다.

"차 키 줘. 내가 운전할게."

큰 아빠로부터 차 키를 건네받은 작은 아빠는 웃으며 말했다.

"그럼 천천히들 내려오세요."

말을 마친 작은 아빠는 뛰듯 빠르게 산을 내려가기 시작했다.

"괜히 혼자 저러네."

큰 아빠가 고개를 흔들며 뒤를 따랐고, 나와 할머니는 다시 손을 잡고 아래쪽으로 발걸음을 뗐다.

내 이름으로 된 책

 여행에서 돌아온 우리는 할머니 댁에서 다 같이 저녁을 먹었다. 집으로 돌아왔을 땐 이미 밤늦은 시간이었다. 씻고 가방을 챙겨 놓은 뒤 거실에서 아빠들과 잠시 이야기를 나눴다. 큰 아빠는 할머니가 돌아가시면서 나에게 아무것도 물려주거나 남겨 주지 않아도 괜찮겠느냐고 물었다. 할머니의 재산이 많진 않지만 어쨌든 법적으로 그건 내가 물려받아야 하고, 그러면 내 양육권과 관련해 일이 복잡해질 수도 있을 거란 이야기와 함께.

 그 이야기를 듣고 나서야 바닷가에서 할머니가 돈과 아빠들에 대해 물어봤던 게 기억났고, 난 지금이 좋다고 했다. 아빠들은 잘 알겠다고 했고, 그 뒤론 전혀 관계없는 작은 아빠의 카페 얘기를 하다가 강릉에서 간 카페 이야기까지 했다.

 작은 아빠 덕분에 해 뜨는 걸 보느라 일찍 일어났기 때문인지,

낮은 언덕 수준이었지만 산을 오른 탓인지 나는 소파에 기대어 두 아빠의 이야기를 듣다 그대로 잠들었고, 큰 아빠가 흔들어 깨워서 아침에 겨우 일어났을 땐 어쩐 일인지 침대에 누워 있었다.

아무 일 없었던 것처럼 학교에 와서 자리에 앉기 전, 창가의 선인장을 확인했다. 지난주와 달라진 건 별로 없어 보였다. 자리에 있으니 웅희가 와서 주말 동안 피시방에서 한 게임 이야기를 했다. 곧이어 교실로 들어온 재훈이도 웅희와 게임 이야기를 했다. 멍하니 듣고 있다가 고개를 돌렸는데 지우와 눈이 마주쳤다. 지우는 잠시 날 가만히 보더니 코를 찡긋거리곤 정면으로 고갤 휙 돌렸다.

학교에서의 시간은 평소와 다름없었다. 아침부터 수업이 계속됐고, 나는 틈틈이 오후에 있을 글쓰기 수업에 대해 생각했다. 가족들과 함께 다녀온 여행 때문에 제대로 쓰지도, 준비하지도 못한 글쓰기 수업.

점심시간을 지나 오후 수업도 다 끝이 났고, 글쓰기 수업 시간이 됐다. 교실에 앉아 연습장을 꺼내고 있으니 지우가 내 쪽으로 왔다.

"좀 썼어?"

"아니. 여행 갔다 오느라 시간이 없어서 못 썼어."

"그럴 줄 알았어."

지우는 팔짱을 끼고 말하곤 고개를 흔들었다.

"넌 썼어?"

"난 다 썼어."

지우는 뿌듯한 듯했다. 그러곤 내 연습장으로 시선을 옮겼다.

"하나도 안 쓴 거야?"

"응, 하나도 못 썼어."

"주말에 여행을 갈 거였으면 미리미리 쓰면 됐을걸."

"그게, 어떻게 써야 할지 아직도 잘 모르겠거든."

"뭐야. 그럼 여행 때문에 못 쓴 것도 아니네."

"사실, 그렇지."

지우가 괜히 입술을 씰룩거렸다.

"여행은 좋았어?"

"그냥 바다 보고, 회도 먹고, 이야기도 많이 하고."

"잘 놀다 왔나 보네."

지우는 무슨 말을 더 하려 했지만, 때마침 작가님이 들어와 자리로 돌아가 앉았다. 작가님은 지우와 나만 있는 교실을 둘러보더니 말했다.

"아직도 두 사람밖에 없는 교실이 좀 낯설게 느껴지네."

어색하게 웃음을 지은 작가님은 한숨을 크게 한 번 쉬더니 말을 이었다.

"그럼 일단 써 온 것부터 한번 볼까요? 지우 학생부터?"

"네."

작가님은 지우의 자리로 가더니 연습장을 들고 한참 동안 읽는데 집중했다. 발끝을 살짝 흔들며 자기 글을 읽는 작가님을 바라보는 지우. 그 모습을 보다 내 연습장으로 시선을 옮겼다. 아무것도 쓰여 있지 않은 연습장을 보며 작가님에게 뭐라고 말해야 할지를 생각했다.

어떻게 쓸지조차 생각을 안 했으니, 그게 걱정이다. 벌써 몇 번이나 어떻게 써 보라, 일단 아무거나 써 보라는 이야기를 들었는데도 여전히 아무것도 못 썼으니 말이다. 작가님은 지우의 글을 다 읽고는 지난번보다 더 좋아졌다며 칭찬을 아끼지 않았다.

"그럼 이번엔 호두 학생 것도 한번 볼까?"

작가님이 내 연습장을 향해 손을 뻗는 걸 보며 말했다.

"아직도 못 썼어요. 아무리 생각해도 잘 모르겠어요."

작가님은 고갤 끄덕였다.

"글쓰기가 익숙하지 않으니까 당연히 그럴 거예요."

작가님이 날 보며 웃는 얼굴로 말했다.

"꼭 선인장 이야길 쓰지 않아도 괜찮아요. 이건 다음에 써도 되는 거니까. 소재는 재밌고 좋지만, 처음 쓰기엔 어려울 수도 있을 것 같네요. 전혀 다른, 좀 더 가볍고 편하게 쓸 수 있는 걸 써 보는 것도 괜찮을 것 같은데. 진짜 일기를 쓰듯이. 무슨 일이 있었고, 그때 어떤 걸 느꼈고, 무슨 생각을 했는지. 그게 아니면 말도 안되는 이야기를 생각나는 대로 막 써 보는 것도 방법이에요. 외계

인이 나오거나, 동물들이 나온다거나."

"네."

"짧게라도 좋아요. 길어야 좋은 글인 것도 아니고, 꼭 좋은 글을 써야 하는 것도 아니니까. 너무 부담 갖지 말고 써 봐요."

작가님은 고개를 끄덕이며 교탁 앞으로 갔다.

"음, 우리 인원도 적고 해서 생각을 좀 해 봤는데, 두 학생이 쓴 글을 작은 책자로 만들면 어떨까 싶거든요. 열심히 고민하고 쓴 글을 책으로 만들어 가지는 것도 상당히 의미 있을 것 같아서."

"책이요?"

지우가 놀란 듯 되물었다.

"그래요. 내 이름으로 된 책을 처음 손에 쥐었을 때의 감동이 있어요. 물론 글이 좀 마음에 안 들기도 하고 완전히 만족스럽진 않다 해도 책이 생기면 기쁘고, 글쓰기에 더 애착이 생기고, 재미도 느껴지죠. 두 학생에게도 그런 경험을 하게 해 주고 싶어서 아는 분께 부탁했더니 흔쾌히 해 주시겠다고 해서, 학생들의 첫 책을 만들어 주고 싶어요."

작가님은 완성된 글을 파일로 보내 주기만 하면 된다고 했고, 책이라곤 하지만 우리끼리만 기념으로 나눠 가지는 거니까 글을 잘 써야 한다는 부담은 갖지 말란 말을 이어 갔다. 곧 수업이 끝났고, 작가님이 나간 뒤 지우가 자리에서 일어나 날 보며 말했다.

"안 갈 거야?"

"가, 가야지."

가방을 챙겨 지우와 함께 교실을 나섰다.

"책이라니!"

지우가 평소보다 높은 목소리로 말을 꺼냈다.

"내 책이 생긴다고 하니까 되게 신기하다."

"응."

"넌 아무렇지도 않아?"

"난 아직 쓰지도 못했으니까."

"평범한 일기처럼 써 보라 하셨잖아. 뭐라도 써 봐. 강릉 여행 간 걸 써도 되겠다. 가서 한 것들 일기처럼 쓰면……. 아."

강릉 여행 이야길 쓰면 할머니 이야길 써야 하고, 그럼 두 아빠 이야기도 써야만 한다. 지우가 잠시 말을 멈추고 날 쳐다봤다.

"왜?"

"아니야. 여행 이야길 쓰긴 좀 그럴 수도 있겠다. 가족 여행이었으니까. 아니면……, 음…….."

내가 말을 하기도 전에 지우는 내가 무슨 생각을 했는지 알아채기라도 한 듯 말했다.

"선인장 이야기를 다르게 써 보는 것도 괜찮지 않을까? 선인장을 가져간 사람이 무엇 때문에 가져갔는지, 선인장을 어떻게 쓰고 있는지를 쓴다거나, 아님 선인장이 꼭 필요한 사람이 그걸 가져간 뒤에 겪는 일을 쓴다거나. 화분에서 뽑힌 선인장이 돼서 써

본다거나."

작가님이 한 얘기와 비슷하긴 하지만, 지우도 어떻게든 내게 도움을 주고 싶은 것 같다.

우리는 운동장을 가로질러 교문으로 향했다.

"오늘도 카페로 가지?"

"응."

"카페에서 잘 생각해 보면 되겠네. 어차피 거기서 특별히 하는 일도 없다고 했잖아."

"그렇지."

"다음에 놀러 가도 되지?"

"괜찮아. 웅희는 가끔 한 번씩 와."

"그럼 그때는 피해야겠네."

지우가 웃으며 고갤 끄덕였다. 우린 반 아이들과 부모님 이야기를 하며 걸었고, 곧 눈앞에 아빠의 카페 간판이 보였다.

"잘 가."

지우가 손을 흔들어서 나도 인사했다.

"안녕."

카페 문 앞에 서서 뒤돌아보니, 혼자 걸어가는 지우의 뒷모습이 보였다. 잠시 그 모습을 보다 카페 안으로 들어갔다.

"호두 왔어?"

계산대 안쪽에 앉아 있던 진규 형이 날 보고 웃으며 말했다.

"예. 아빠는요?"

"잠깐 나가셨어. 옆에 부동산 사장님이랑."

부동산 사장님이랑 나갔다는 건 별일 없다는 거겠지. 두 사람이 만나면 기껏해야 수다 떠는 게 전부니까.

구석 자리로 가 가방에서 연습장을 꺼내 펼쳤다. 선인장 이야기를 다르게 쓰는 것과 강릉 여행에 대해 쓰는 것. 어느 것도 쉽지 않다. 내 일상은 글로 쓸 만큼 특별한 게 없고…….

연습장을 멍하니 보고 있는데 아빠가 들어왔다.

"진규야, 내가 힘겹게 알아 왔어. 저 빵집 알바, 남자 친구 없대. 가서 말부터 걸어 봐."

"아, 네."

진규 형이 어색하게 웃었다. 그러고 보니 언젠가 아빠가 빵집 아르바이트 누나 이야길 했던 것 같다. 진규 형 때문이었구나.

"어? 호두 왔네? 배 안 고프냐? 이거 좀 먹을래?"

아빠는 손에 든 비닐봉지를 들어 보였다.

"뭔데?"

"빵."

참 부지런하기도 하다. 어쨌거나 주말여행 이후로 작은 아빠는 예전의 작은 아빠로 돌아온 것 같다. 별로 중요하지도 않은 일에 열심히 매달리는 걸 보면.

"안 먹어. 배 안 고파."

"그래? 그럼 이따 할머니 댁 갈 때 가져가야겠다. 진규, 너 하나 먹어."

"저도 괜찮아요."

아빠는 입술을 삐죽 내밀고는 봉지에서 빵 하나를 꺼내 계산대 뒤쪽 방으로 들어갔다.

다시 연습장을 뚫어져라 쳐다봤다. 뭘 어떻게 써야 할까. 아무것도 없는 하얀 종이 위에 어디선가 나타난 글자들이 춤을 추는 기분이다.

여느 날과 다르지 않은 하루

그 후로도 특별할 것 없는 일상이 반복됐다. 여느 때와 다름없이 학교에 갔다가, 마치면 작은 아빠의 카페에서 시간을 보냈다. 조금의 차이가 있다면, 그저 멍하니 시간을 보내진 않고 선인장에 관한 글을 쓰고 있다는 거다. 잘 쓰고 있는 건지는 모르겠지만, 어쨌든 쓰고는 있다.

또 하나는 일을 마치고 카페 문을 닫은 작은 아빠와 함께 돌아가는 곳이 우리 집이 아니라 할머니 댁이라는 것. 할머니 댁에 가면 퇴근한 큰 아빠와 할머니가 기다리고 있고, 우린 함께 저녁을 먹는다. 그러곤 TV를 보며 이야기를 나누다 두 아빠와 집으로 돌아온다. 집에서 씻고 자면 하루가 끝이 난다.

온 집 안에 흐르던 무거운 분위기는 여행을 다녀온 이후 조금씩 사라졌다. 할머니 댁에 있는 동안에도 다들 아무 일도 없었던 것처럼 일상적인 이야기를 주고받는다.

학교에서의 생활도 크게 다르지 않다. 여전히 웅희는 말이 많고, 여기저기 관심도 많으며, 가끔 아빠의 카페에 와서 나와 이야기를 하다 학원으로 간다. 조금 바뀐 점이라면 지우와 좀 더 자주 대화를 나눈다는 것 정도다. 대부분은 글쓰기에 관련된 이야기지만, 가끔은 일상적인 이야기도 한다. 어제 뭘 했고, 무슨 유튜브를 봤고, 학원에서 어떤 일이 있었다 같은……

금방이라도 무슨 일이 생길 것 같았던 할머니는 다행히 아직 괜찮으시다. 몸 여기저기가 많이 부었지만 그래도 아직은…… 괜찮다.

"호두야, 학교 가야지. 준비 다 했어?"

"아까 다 했거든? 아빠만 하면 돼."

작은 아빠가 손으로 반팔 티셔츠 앞을 펄럭거리며 현관 쪽으로 다가왔다.

"가자. 이제 진짜 여름이야, 여름. 티셔츠 하나 걸친 것뿐인데 왜 이렇게 덥냐. 아오."

구시렁대는 작은 아빠와 함께 집을 나섰다.

"너 오늘 글쓰기, 그거 아니야? 다 썼어?"

"아직. 마무리를 못 지었어."

"오늘 다 써 가야 하는 거 아냐? 마무리만 지으면 되는 거야?"

"응. 근데 아직 어떻게 할지 모르겠어. 잘 쓴 건지도 모르겠고."

"그게 뭐가 중요해. 했다는 게 중요하지. 잘하고 못하고는 그다음이야. 스스로의 문제다, 이 말이야. 그리고 그 기준은 내가 돼야지. 내가 만족하면 잘한 거고 그게 아니면 아닌 거고."

"몰라."

"썩 만족스럽진 않은가 본데?"

"모른다고."

작은 아빠는 엘리베이터를 타고 주차장으로 가는 동안 계속 시비를 걸었다.

"그래. 처음 글 쓰는 건데 만족할 게 있겠냐? '첫술에 배부르랴'라는 말이 괜히 있는 게 아니야, 어? 그리고 아직 마무리가 남았잖아. 마무리를 잘 지으면 전체가 다 좋아진단 말이지."

학교까지 가는 동안 작은 아빠는 계속 이런저런 이야기를 했고, 난 듣는 둥 마는 둥 멍하니 창밖을 보며 학교에 도착했다.

"마치고 카페로 바로 올 거지?"

"응."

차에서 내려 교문을 지나 교실로 향했다. 어쩐 일로 웅희가 먼저 교실에 와 있었다. 늘 아슬아슬하게 도착하곤 했는데 말이다.

"일찍 왔네."

"응. 오늘 너무 일찍 일어나 버렸어. 다시 자려고 해도 잠이 안 오더라고."

"별일이네."

"아침 일찍 학교에 혼자 있는 것도 나쁘지 않네. 상쾌하고."

웅희는 전혀 상쾌하지 않은 얼굴로 그렇게 말하곤 웃었다. 잠시 후 아이들이 하나둘씩 교실로 들어왔다.

"호두 너, 다 썼어?"

언제 들어온 건지 지우의 목소리가 들려 고개를 돌렸다. 지우는 책상에 가방을 올려 두며 날 보고 있었다.

"아직. 마무리를 못 지었어. 넌?"

"난 끝."

지우가 웃으며 자리에 앉아 책을 펴는 걸 보고 나도 다시 고갤 돌렸다. 교실은 어느새 시끌시끌해졌고, 얼마 지나지 않아 선생님이 들어왔다. 여느 날과 다르지 않은 날이 그렇게 지나가고 있었다. 수업, 급식, 별 의미 없는 수다들.

점심시간에는 운동장 주변을 돌아다니며 웅희와 재훈이가 하는 축구 얘기를 듣다가 천천히 교실로 돌아왔다.

아침에 작은 아빠가 호들갑을 떤 것처럼 확실히 날씨가 많이 덥긴 하다. 괜히 창가로 가 선인장 화분을 살폈다. 물은 한 달에 한 번만 주면 됐기에, 담당이라곤 해도 잘 있는지 이렇게 가끔 확인하는 게 전부다. 선인장은 혼자서 잘 자라고 있었다. 누군가에게 도둑맞는 일도 없이.

"다른 반 애들, 축구 반으로 간 거래."

"응?"

갑자기 말소리가 들려 고갤 돌리니 지우가 날 보고 있었다.

"글쓰기 수업 말이야. 애들이 계속 글 쓰기 싫다고 해서 축구 반으로 간 거였대."

"바꿀 수 있는 거였구나."

"응, 차라리 잘된 것 같아. 우리 둘밖에 없어서 책도 만들어 주신다고 하셨고."

지우는 창밖을 보며 말하곤 짧게 한숨을 뱉었다.

"선인장 이야기로 썼어?"

"응. 다른 이야긴 도저히 쓸 게 없어서."

우린 잠시 아무 말 않고 창가의 선인장만 쳐다봤다.

"책 받으면 어떡할 거야?"

"책? 글쎄."

"난 내 방에 잘 꽂아 둘 거야. 우리 엄마는 내가 글 쓰는 거 뭐라고 하진 않지만, 별로 좋아하지도 않아."

지우는 한숨과 함께 말을 이었다.

"난 나중에도 계속 글 쓸 거야. 꼭 작가가 돼서 글을 쓰는 게 아니라 해도 말이야. 다른 일을 하더라도 글은 계속 쓰고, 책도 내고 싶거든. 그래서 내가 쓴 책 한 권이 생긴다는 게 되게 기분 좋은데, 엄마는 공부할 시간에 글 쓴다고 표정이 안 좋아지니까 책은 그냥 책장에 잘 꽂아 두려고."

"그렇구나. 난 딱히 글쓰기에 대해서 진지하게 생각해 본 적도 없고, 책도…… 잘 모르겠어."

사실 그렇다. 책이 나오면 보여 달라는 사람도 있을 텐데, 별로 보여 주고 싶지 않은 것도 같고.

교실 한쪽에 걸린 스피커를 타고 5교시 수업을 알리는 종소리가 들렸다. 지우가 먼저 자리로 돌아갔고, 나 역시 내 자리로 돌아왔다.

"너 요즘 지우랑 되게 친하네?"

웅희가 뭔가 재밌는 걸 발견한 듯 말했다.

"글쓰기 수업 때문에. 이제 쟤랑 나밖에 안 남았거든. 그래서 그런 이야기 하는 거지."

"맞아. 축구 반에 애들 늘어났어. 걔들이 글쓰기 반에서 왔댔어. 맞아."

웅희는 대단한 걸 떠올리기라도 했다는 듯 고개를 끄덕이다 덧붙였다.

"지우가 좀 선생님 같지? 어떨 땐 좀 재수 없고."

"그런가?"

그런 생각을 해 본 적은 없다. 평소에 자기 할 일 잘하고 말이 별로 없다는 것 정도. 하지만 대화를 나눠 보면 말이 없는 것도 아니다. 조용히 말할 뿐.

곧 수학 선생님이 교실로 들어왔고, 5교시 수업이 시작됐다. 책을 펴고 선생님이 수업을 시작하려는 찰나 교실 문이 열리고 담임 선생님이 들어왔다.

"선생님, 실례합니다. 잠시만 저희 학생 좀."

선생님이 날 처다보며 손짓했다.

"호두야."

갑자기 무슨 일인가 싶었다.

"가방 챙겨서 나와."

어리둥절한 채로 가방을 챙겨 교실 밖으로 나오니, 선생님 뒤에 큰 아빠가 서 있었다.

"아빠?"

아빠는 아무 말 없이 내 어깨에 팔을 두르곤 선생님께 말했다.

"그럼, 다시 연락드리겠습니다."

"네. 조심히 들어가세요."

아빠와 인사를 주고받은 선생님은 내 손을 잡았다.

"호두도, 조심해서 가고."

아빠와 함께 복도를 걸어 계단을 내려왔다. 무슨 일인지 궁금했지만 입이 떨어지질 않았다. 설마 하는 생각이 사실인 걸 확인받고 싶지 않았다. 그래서 그저 조용히 아빠를 따라 학교를 나왔고, 한쪽에 세워진 차에 올랐다.

"호두야."

"응?"

"이제 병원으로 갈 거야."

"응……."

마음속 '설마'가 점점 더 커졌다. 아빠가 아무 말도 하지 않았으면. 아무 일도 아니었으면.

"가서 할머니께 인사하고……."

아빠는 더 이상 말을 잇지 않고 시동을 걸었다. 차가 천천히 움직이기 시작했다. 교문을 나선 자동차는 도로로 접어들었고, 난 가만히 눈을 감았다. 아직은, 아직은 아무 일도, 아무것도 아니었으면 좋겠다. 지금 이 모든 게 그냥 다 꿈이라면 좋겠다.

일기장이 담긴 상자

"진규 너도 주말까지 그냥 푹 쉬고 다음 주부터 나와. 그래."

작은 아빠의 목소리를 들으며 거실로 향했다. 소파에 누운 채로 한 손에 휴대전화를 든 작은 아빠가 날 발견하고선 손을 흔들더니 고개를 끄덕거렸다. 얼마 뒤 전화를 끊은 작은 아빠는 기지개를 켜고선 날 쳐다봤다.

"잠은 좀 잤어?"

"응."

어제 너무 일찍 잠들어 버린 탓인지 일찍 눈을 떴다. 다시 자 보려고 했지만, 잠이 오지 않았다.

"우리 아침은 뭐 먹을까?"

나는 고개만 작게 흔들었다.

"그래, 뭐, 이따 천천히 먹지, 뭐."

작은 아빠는 휴대전화를 들고 소파에 드러누워 게임을 하기 시작했다. 난 멍하니 소파에 앉아 창밖의 하늘을 쳐다봤다.

학교를 조퇴하고 병원으로 간 날 밤, 할머니는 멀리 떠나셨다. 병원에 막 도착했을 때 할머니는 힘든 얼굴로 누워 계셨고, 별말 없이 내 손만 꼭 잡으셨다. 할머니 손을 잡고 계속 시간을 보내다 잠시 저녁을 먹고 왔는데, 그동안 할머니가 떠나셨다고 했다.

아빠들이 바쁘게 움직이는 동안 한 번도 본 적 없는 할머니의 가족들이자 내 먼 친척들이 하나둘씩 장례식장에 왔다. 장례식이 진행되는 동안에도 두 아빠는 바빴다. 여러 사람과 인사를 했고, 내 친척들과 꽤나 오랫동안 이야기를 나누기도 했다. 나도 아빠들 옆에서 인사를 하고, 음식을 나르고, 어른들이 하는 얘기를 듣고 있다 보니 시간이 어떻게 지났는지 모를 정도로 빠르게 흘러갔다.

장례식이 다 끝나 할머니를 엄마가 있는 곳에 모셔다 드린 게 어제였다. 집으로 돌아온 아빠들은 피곤한 얼굴로 맥주를 마시더니 곧 잠에 들었고, 나 역시 일찍 잠들었다.

작은 아빠는 주말까지 가게를 쉬겠다고 했다. 또 학교에 전화해 내가 다음 주부터 학교에 갈 거라고 이야기를 했다. 그 덕분에 오늘부터 특별히 하는 것 없이 한가한 아침을 맞게 됐다.

집 안을 둘러보면 아무것도 달라진 게 없는데, 모든 게 달라진 것 같은 기분이다. 괜히 할머니 생각이 떠오르려고 할 때면 얼른

다른 생각을 했다. 할머니 생각을 시작하면 다른 일은 아무것도 할 수 없게 될 것만 같아서.

"큰 아빠는?"

"할머니 유품 정리도 하고, 호두 외가 쪽 친척들이랑 이야기도 좀 해야 하고, 정리할 것도 많아서 아침 일찍 나갔어. 이따 저녁엔 올 거야."

"응."

큰 아빠도 다음 주부터 출근할 거라고 했다. 이번 주는 우리 식구 모두 방학인 셈이다.

"오늘 뭐 할까?"

"응?"

"그냥 집에 있기도 그렇잖아."

작은 아빠가 여전히 소파에 늘어진 채로 말했다.

"몰라. 아무 생각 없는데."

"어디 바람이나 쐬러 갈까?"

딱히 어딜 가고 싶은 기분은 아니다. 가 보고 싶은 곳도 없고.

"아님, 뭐, 이제 여름인데 쇼핑이라도 갈까?"

평소 쇼핑에 큰 관심이 있는 것도 아니다.

"같이 피시방이나 갈까?"

"피시방 가도 할 거 없는데."

"그냥 아무 게임이나 하는 거지. 요즘 재밌는 게임 많잖아."

"몰라."

"아빠도 게임 안 한 지 너무 오래 돼서 요즘 게임 잘 몰라. 그냥 하는 거지. 아님 오락실이라도 갈까?"

아빠가 여러 가지 제안을 했지만 흥미가 생기는 건 없었다.

"아, 맞다. 빨래 돌려야 되는데."

갑자기 허탈한 목소리로 말한 아빠가 소파에서 일어났다.

"아유, 또 잔소리하는 거 안 들으려면……. 왜 내 당번 날짜는 이렇게 빨리 오는 거야? 참나."

아빠는 구시렁대며 다용도실로 향했다. 조용한 거실에 혼자 남아 소파에 멍하게 앉아 있었더니 아빠가 어느새 거실로 돌아와 TV를 켜고 내 옆에 앉았다.

"이 시간에 볼 게 있으려나. 집에서 편하게 영화나 볼까?"

조용히 고개만 끄덕였다. 아빠는 몇몇 영화의 소개글을 읽으며 고르다 얼마 전 개봉한 유명한 영화를 틀었다. 영화 속의 주인공은 총을 들고 열심히 뛰어다니며 싸웠다. 그렇지만 내용이 좀처럼 머리에 들어오지 않아 시선만 TV에 두고 있었다. 몇 번의 폭발과 수없이 쏟아지는 총성이 지나간 뒤, 엔딩 크레디트가 올라갔다. 고갤 돌려 보니 아빠는 입을 크게 벌리고 누운 채로 잠들어 있었다. 곧 소파에서 떨어질 것 같은 자세로.

TV를 끄고 물을 한 잔 마시는데, 휴대전화에서 알림이 울렸다. 방으로 가 책상 위에 둔 전화를 확인했다. 지우에게서 메시지가

와 있었다.

[잘 끝났어?]
[응, 집에서 쉬고 있어.]
[그렇구나.]

다는 아니지만, 장례식장에는 우리 반 친구들도 왔다. 그곳에서 본 재훈이와 웅희, 지우는 낯선 장소, 낯선 상황에서 봐서 그런지 더 반가웠다.

[선생님이 글 쓴 거 작가님 메일로 보내면 된대.]
[알겠어.]

곧이어 메일 주소가 도착했다. 글쓰기를 한동안 잊고 있었다. 메일로 글을 보내면 그 글이 책이 되어 나오는 모양이다.

[언제까지 보내야 하는 거야?]
[그런 얘긴 없었어.]

당장 급하게 하진 않아도 되나 보다. 지금은 할 마음도 없는데 다행이다 싶었다. 전화를 들고 거실로 돌아갔다. 시계를 보니 벌써 한 시가 다 되어 간다.

"아빠."

"으으으응?"

아빠가 힘겹게 눈을 뜨더니 반쯤 감긴 눈으로 TV와 나를 번갈아 살폈다.

"뭐야? 끝났어?"

"한참 전에 끝났어."

"그래? 으으, 깜빡 잠들었네."

아빠는 누운 채로 기지개를 켜고는 몸을 일으켜 앉았다. 그러곤 하품을 크게 하며 벽에 걸린 시계를 보더니 말했다.

"아으으, 벌써 한 시네. 점심 어떡할까? 뭐 먹을래?"

"아무거나."

"시켜 먹을까?"

"응."

아빠는 휴대전화를 한참 보더니 떡볶이를 골랐고, 나는 알겠다고 했다. 아빠와 떡볶이를 먹고 그릇을 치운 뒤, 같이 쌓여 있던 설거지를 하고, 세탁기에서 빨래를 꺼내 널었다. 집안일을 끝내고 소파에 앉자마자 아빠는 자꾸 답답하다며 나가자고 했고, 마땅히 갈 데가 없었던 우리는 아빠의 카페로 향했다.

텅 빈 카페에서 아빠와 함께 청소를 했고, 문 닫힌 카페에 앉아 아이스크림을 먹으면서 아빠의 농담을 들었다. 아빠는 곧 냉장고

와 창고 방을 들락거리며 물건을 정리했고, 난 그런 아빠를 가만히 쳐다봤다.

카페에 있으니 어쩐지 집에 있는 것보다 마음이 편안한 것 같기도 하다. 물론 집이 불편했던 건 아니지만.

정리를 마치고 홀로 나온 아빠가 주변을 두리번거리다 창가로 향했다. 그러곤 선인장이 있던 빈 화분을 들고 내 쪽으로 오며 말했다.

"이거 어떡하지? 버릴까?"

아빠는 빈 화분을 이리저리 보며 말을 이었다.

"화분 자체는 새 거니까 아깝긴 한데, 그치?"

"응. 개업 선물로 받은 거니까 버리면 좀 그렇지."

아빠는 잠시 인상을 찌푸리고 화분을 보다가 한쪽 벽에 붙은 선반 위에 놓았다.

"일단 여기다 두자."

아빠는 빈 화분을 둔 선반을 이리저리 살피더니 만족한 듯 고개를 끄덕거렸다. 그러곤 내 옆 테이블 의자를 끌어다 앉았다.

"아유, 오랜만에 일을 했더니 상쾌하네. 사람은 역시 일해야 해."

"계속 일했잖아. 장례식장에서도."

아빠가 힘없이 웃더니 고개를 끄덕였다.

"그러네."

하늘이 조금씩 어두운 색깔로 바뀌고 있었다. 아빠는 창밖을 멍하니 보다가 갑자기 또 말을 시작했다.

"여기 말이야, 알바를 한 명 더 쓸까?"

"왜? 손님도 별로 없잖아."

"그렇긴 한데 진규가 혼자 하긴 좀 힘든 것 같기도 하고."

"아빠가 일을 안 하니까 그렇지. 맨날 부동산 아저씨랑 놀러 다니고."

"야, 그게 아빠가 놀러 다니는 게 아니야."

말이 끝나기 무섭게 창밖으로 부동산 아저씨의 모습이 보이더니 곧 아저씨가 우릴 발견하고 카페 안으로 들어왔다.

"어? 상은 잘 치렀어?"

"그렇지, 뭐. 와 줘서 고맙다."

"당연한 거지."

"안녕하세요."

"응, 그래, 그래."

부동산 아저씨는 웃으며 고갤 끄덕이곤 아빠 맞은편 의자를 빼앉았다.

"오랜만에 오픈해서 그런가, 사람이 더 없어 보인다?"

"오픈 안 했어. 그냥 청소만 한 거야."

"그래?"

아저씨는 카페 안을 두리번거리다 말했다.

"참, 집은 나갔어."

"벌써?"

"그래. 여기 매물이 없어서 난리잖아. 가뜩이나 전셋집 구하기가 하늘의 별 따기니까, 내놓으면 금방 나가지. 주인집하고는 이야기 끝났고, 내일 계약서 쓰기로 했어."

"그래. 잘됐네."

무슨 이야긴가 싶어 아빠를 빤히 쳐다봤더니 아빠는 내 팔을 툭 치며 말했다.

"할머니 댁 얘기야."

"아……."

아빠가 부동산 아저씨와 이야길 나누고 있는 동안 나는 옆에서 가만히 듣고만 있었다. 두 사람의 대화가 별로 재밌진 않다는 생각이 들 때쯤, 내 휴대전화가 울렸다.

"여보세요."

"응, 호두 어디야?"

큰 아빠의 목소리가 들렸다.

"아빠 카페야."

"오늘 문 열었어?"

"아니, 그냥 청소만 했어."

"그래. 아빠 지금 집 도착했는데, 언제 올 거야?"

"잠깐만."

전화를 내리고 작은 아빠를 쳐다봤다.

"왜? 진욱이야?"

"응. 집에 언제 올 거냐는데?"

"빨리 왔네. 우리도 들어갈까?"

큰 아빠에게 지금 들어간다고 말한 뒤 전화를 끊었다. 부동산 아저씨와 함께 카페를 나섰다. 부동산 아저씨는 또 보자는 인사와 함께 부동산 사무실 쪽으로 향했고, 우린 차를 타고 집으로 돌아왔다.

현관문을 열자 큰 아빠가 조리대 앞에 서 있는 게 보였다.

"오랜만에 뭐 맛있는 거 해 먹을까?"

"웬일이냐?"

작은 아빠의 말에 큰 아빠는 눈썹을 찡긋거렸다.

"그냥."

큰 아빠가 해 준 김치찌개와 계란말이, 냉장고에 있던 밑반찬들을 꺼내 저녁을 먹었다. 그러곤 거실 소파에 앉아 TV를 보며 평소처럼 이야기를 나눴다.

작은 아빠가 뭔가 생각난 듯 말했다.

"별일은 없었냐?"

"무슨 별일? 아, 없었어."

"집 나갔다더라."

"아까 집주인이 와서 이야기했어. 짐은 금요일에 빼기로 했고."

"그래. 거기, 희지 사촌들은 뭐래?"

"별거 없지, 뭐. 미리 다 정리해 두셔서. 아, 맞다."

큰 아빠가 갑자기 방으로 들어가더니 상자 하나를 들고 나왔다.

"호두야, 이거 할머니 댁에서 가져온 건데, 엄마 일기장이야."

아빠는 상자를 거실 한가운데 내려놨다.

"할머니가 가지고 계시던 건데, 이제 호두가 가지는 게 맞는 것 같아서."

상자 안에는 손바닥보다 조금 더 큰 다이어리들이 열댓 권 정도 들어 있었다.

"할머니가 예전에 얘기하신 건데, 호두 엄마가 살아 있을 때 이 일기장을 호두가 고등학교 들어가면 하나씩 보여 주고 싶다고 했대. 엄마가 고등학교 때부터 쓴 거니까 호두가 같은 나이일 때 보면 좋겠다고. 내가 가지고 있다가 고등학교 들어가면 줄까 했는데, 그냥 호두가 가지고 있어. 먼저 보고 싶으면 봐도 되고."

"많이도 썼네."

옆에 있던 작은 아빠가 상자 안을 흘끔 보며 말했다. 일기장이 담긴 상자를 보다 큰 아빠에게 물었다.

"아빠는 봤어?"

"아니, 안 봤어. 남의 일기 함부로 보면 안 되잖아. 엄마가 호두는 보여 줄 거라고 했다니까 호두만 봐."

"응."

작은 아빠가 괜히 입맛을 다시며 말했다.

"혹시 뭐, 재밌는 거 있음 우리한테도 알려 줘라."

상자를 조심스레 집어 들고 내 방 책상 아래에 뒀다. 지금 당장 읽어 보고 싶은 마음도 있었지만, 엄마가 말한 대로 고등학교에 입학하면 보리라 다짐하고 일어섰다. 고등학교에 얼른 들어가고 싶은 이유가 하나 생겼다.

거실로 나와 다시 소파에 앉았다. 휴대전화를 보다 문득 글쓰기 생각이 났다.

"아빠, 나 노트북 좀 써도 돼? 학교에서 글쓰기 한 거 작가님 메일로 보내라고 해서."

"마무리 못 지었다며. 다 썼어?"

작은 아빠가 날 보며 물었다.

"이제 쓸 거야."

큰 아빠는 방으로 들어가 노트북을 가지고 나오며 말했다.

"호두 책상 위에다 둘게. 써서 보낼 줄 알지?"

"응."

다시 방으로 가 가방에서 연습장을 꺼내 의자에 앉았다. 연습장을 펼치고 워드 프로그램을 열었다. 짧은 한숨을 한 번 뱉고, 연습장에 써 둔 글을 한 문장씩 화면에 옮기기 시작했다.

| 잔 | 가 | 시 | | 선 | 인 | 장 |

1학년 3반 김호두

"앗, 따가워."

어딘가에 부딪히는 충격과 커다란 소리에 눈을 떴다.

"뭐야, 아으, 따가워."

내 앞에는 하얀 강아지가 앞발로 머리를 만지려 애쓰며 낑낑
대고 있다.

"혹시 나 때문에 그런 거야?"

하얀 강아지에게 물었다. 내 목소리가 들리지 않는지 한참 낑
낑대던 강아지가 천천히 내 쪽을 돌아봤다.

"뭐야, 네가 그런 거야?"

하얀 강아지는 날 향해 앞발을 내밀며 말했다.

"앗, 따가워!"

내 가시에 또 찔린 강아지는 다시 비명과 함께 펄쩍 뛰며 한

발 뒤로 물러섰다.

"넌 누구야?"

"난 잔가시 선인장이야."

"어디서 갑자기 나타난 거야?"

하얀 강아지의 말에 고개를 들어 주변을 살폈다. 익숙한 풍경이 조금 다른 느낌으로 보였다. 고개를 젖히니 창가가 보였다. 난 저 위에, 그러니까 이 카페의 창가에 놓인 화분에서 살고 있었다. 그리 크지 않고, 복잡하지도 않은 골목길에 있는 조그만 카페인 이곳에서 해가 지는 걸 보며 잠이 들었는데, 정신을 차려 보니 창가 아래 바닥에 떨어져 있다.

"그러게. 난 분명 저 위에 있는 화분에서 살고 있었는데."

"근데 갑자기 왜 떨어진 거지?"

"모르겠어."

하얀 강아지는 심각한 얼굴로 나와 창가 쪽을 번갈아 보더니 고개를 흔들었다.

"저 위로 다시 올려 주긴 힘들겠는데."

"그럴 것 같아."

"흠, 그럼 나랑 놀래?"

"너랑 나랑 어떻게 놀아? 난 움직이지도 못하는 데다 가시까지 있는데."

"그래도, 음……."

뭔가를 잠시 생각하더니 하얀 강아지는 주변을 두리번거렸다. 그러더니 이내 어디론가 가 버렸다. 차가운 바닥에 멍하니 있던 나는 창틀 위 화분을 올려다보는 것 말고는 달리 할 수 있는 게 없었다. 다시는 저 위로 돌아갈 수 없다는 걸 알고 있기에 어떻게 할 수도 없다.

가만히 누워 있는데 발소리가 들렸다. 아까 본 하얀 강아지보다 조금 더 큰 강아지가 다가오고 있었다.

"왜 여기에 누워 있어?"

멋진 검은 털을 가진 강아지가 날 보며 물었다.

"화분에서 떨어졌어."

"저런."

강아지는 주변을 두리번거렸다.

"저기……."

갑자기 목이 말라 강아지를 향해 말했다.

"나 목이 말라서 그러는데, 물 좀 구해다 줄 수 있어?"

"물?"

"응. 조금만 있으면 될 것 같은데."

"기다려 봐."

검은 강아지가 주변을 두리번거리며 멀어져 갔다. 다시 혼자 남은 나는 밤하늘만 올려다봤다. 반짝이는 별들의 개수를 하나씩 세고 있을 때 다시 발소리가 들려 고갤 돌리자 하얀 강아지가 내 쪽으로 오고 있었다.

"많이 기다렸지?"

하얀 강아지는 입에 물고 있던 두꺼운 천을 바닥에 내려놓고 날 보며 말했다.

"그건 뭐야?"

"너랑 같이 놀려니까 가시 때문에 아파서, 이걸 가지고 왔어."

잠시 후 물을 가지러 갔던 검은 강아지도 왔다.

"어?"

"넌 누구야?"

검은 강아지가 조그만 물통을 내 옆에 내려놓고 말했다.

"선인장이 목마르대서 물 가지러 갔다 왔어. 넌 누구야?"

"난 선인장 친군데."

서로의 눈을 보던 둘은 동시에 날 쳐다봤다.

"아, 참, 물."

검은 강아지가 물병을 물고 안에 든 물이 내 쪽으로 흐르도록 기울였다.

"어때?"

"이제 괜찮아. 고마워."

검은 강아지가 웃었다. 우리 셋은 잠시 서로를 쳐다봤다.

"이제 어떡하지?"

"일단 조용한 곳으로 갈까? 우리가 널 다시 화분으로 돌려놓

긴 힘들고, 여긴 지나다니는 사람부터 강아지, 고양이 들이 많아
서 위험할 거야.”

검은 강아지와 하얀 강아지는 동시에 고갤 끄덕이고 내 의견
을 묻는 듯 날 바라봤다.

“좋아.”

“내가 아는 곳이 있어. 사람도 별로 없고 조용한 곳. 거기로 가
자.”

“그래.”

내 대답을 듣자마자 하얀 강아지는 천으로 날 감싸서 물더니
어딘가로 걷기 시작했고, 검은 강아지는 천천히 주변을 살피며
우릴 따라왔다.

우린 조용한 도시의 작은 골목을 걸었다. 한참을 걸어가다 날
물고 있던 하얀 강아지가 날 내려놓고 말했다.

“잠깐만. 조금 쉬었다 가자. 턱이 너무 아파.”

“그래.”

검은 강아지가 내 옆으로 다가왔다.

“어때? 넌 괜찮아?”

“응.”

내 상태를 확인한 검은 강아지는 내 옆에 엎드렸고, 하얀 강아
지 역시 날 사이에 두고 검은 강아지 옆에 엎드렸다.

“배가 좀 고픈 것 같기도 하고.”

하얀 강아지가 엎드린 채로 말했다.

"일단은 안전한 곳으로 가서 생각하자. 이제 내가 선인장을 데리고 갈게."

검은 강아지가 몸을 일으키더니 천으로 감싼 나를 물었다. 곧이어 하얀 강아지도 자리에서 일어났고, 우린 다시 걷기 시작했다. 한참을 걸어 도착한 곳은 조그만 창고 건물 뒤편이었다.

"여기야."

하얀 강아지의 말에 검은 강아지는 날 내려 두고 주변을 살피기 시작했다.

"여긴 조용하긴 하지만, 그래도 사람의 손길이 닿는 곳인데."

"지나다니는 사람이나 여길 찾아오는 사람이 드물어서 괜찮을 거야."

검은 강아지는 고갤 끄덕이고 다시 주변을 보다 말했다.

"잠깐, 여긴 바닥이 흙이 아니라 콘크리트잖아."

"응."

아무 생각 없는 표정으로 웃는 하얀 강아지를 보고 검은 강아지가 한숨을 쉬며 말했다.

"선인장은 흙이 있어야 해."

"아, 그런가."

"여긴 안 되겠어. 다른 곳으로 가자."

검은 강아지가 다시 날 물려고 하자 하얀 강아지가 말했다.

"뭘 좀 먹고 가면 안 될까?"

"음, 그래."

"기다려 봐."

하얀 강아지는 어딘가로 떠났고, 검은 강아지는 계속 주변을 살피며 말했다.

"넌 어때? 목마르진 않아?"

"아까 물 마셔서 괜찮아. 난 물을 많이 마시지 않아도 되거든."

"그렇구나."

곧 하얀 강아지가 먹을 것을 잔뜩 물고 나타났다.

"먹자."

하얀 강아지와 검은 강아지는 음식을 먹기 시작했다.

"넌 안 먹어?"

하얀 강아지가 날 보며 물었다.

"난 못 먹어. 물만 마시면 돼."

하얀 강아지는 고갤 끄덕이더니 갑자기 어딘가로 사라졌다가 물이 담긴 물통 하나를 들고 나타났다. 내 쪽으로 물을 흘리려는 하얀 강아지를 향해 말했다.

"잠깐, 잠깐. 난 물을 많이 마시면 안 돼."

"응? 그래?"

"응. 필요할 때 달라고 할게."

하얀 강아지는 고갤 끄덕이더니 다시 음식을 먹기 시작했다.

음식을 다 먹은 강아지들은 잠시 엎드려 한숨을 쉬다 일어섰다.

"이제 슬슬 움직이자. 앞장설 테니까, 잘 따라와."

말을 마친 검은 강아지가 날 물고 걷기 시작했고, 곧 하얀 강아지도 뒤를 따랐다. 다시 한참을 걸어 조그만 산언저리에 도착하자 검은 강아지는 날 바닥에 내려 주었다.

"여기 어때?"

"조용하고 좋은데?"

"응. 나도 좋은 것 같아."

우리 셋은 동시에 고개를 끄덕이고 만족스럽게 웃었다.

"여기면 괜찮을까?"

검은 강아지가 앞발로 바닥 한 군데를 가리키며 말했다.

"응."

곧 검은 강아지는 땅을 파기 시작했고, 적당히 파인 땅에 하얀 강아지가 날 심었다.

"됐다."

"편안해?"

"응, 좋아."

우린 그대로 흙바닥에서 푹 쉬었다. 처음 맡아 보는 산속의 흙냄새는 낯설긴 했지만 마음이 편안해졌다.

하늘이 점점 밝아졌다. 두 강아지는 어느새 잠들어 버린 건지 코 고는 소리가 들렸다. 난 가만히 밝아지는 하늘을 올려다보다 이곳에 햇볕이 들지 않는다는 걸 깨달았다.

"저기, 있잖아!"

내가 소리치자 두 강아지가 동시에 눈을 떴다.

"응? 왜 그래?"

"무슨 일이야?"

"여기, 햇볕이 들지 않아."

"햇볕?"

"응. 난 햇볕이 꼭 있어야 하거든."

두 강아지는 서로의 얼굴을 보더니 작게 한숨을 내쉬었다.

"여기도 안 되면 이제 어떡하지?"

하얀 강아지의 말에 주변을 둘러보던 검은 강아지가 말했다.

"이 산의 반대쪽으로 가면 그곳엔 따뜻한 햇볕이 있을 거야. 그쪽으로 가자."

"그래."

두 강아지는 내 주변의 흙을 파기 시작했다. 내 뿌리가 어느 정도 드러나자 하얀 강아지가 천으로 날 덮더니 물었고, 검은 강아지는 앞장서서 산속을 향해 걷기 시작했다.

얼마를 걸었을까. 한참 산길을 오르던 둘이 멈춰 섰다.

"힘들어."

하얀 강아지가 날 내려놓고 말했다. 검은 강아지 역시 숨을 헐떡이며 고갤 끄덕였다.

"산이 생각보다 높네."

우리 셋은 산길 중턱에서 잠시 쉬었다.

부스럭.

아래쪽에서 무슨 소리가 들리는가 싶더니 처음 보는 강아지 무리가 나타났다.

"너희는 뭐야?"

"우린 여길 지나가는 중인데."

하얀 강아지가 대답하자, 무리의 뒤쪽에 있던 커다란 강아지가 말했다.

"여긴 우리 땅이야. 여길 지나가려면 통행료를 가져와."

"우린 가진 게 없어."

커다란 강아지는 날 가리켰다.

"그 선인장은 뭐야?"

"우리 친구야."

"그 선인장이라도 내놔."

"그럴 순 없어."

가만히 듣고 있던 검은 강아지가 나서자 강아지 무리가 우릴 둘러싸기 시작했다.

"남의 땅에 들어와서 그냥 지나가겠다니. 순순히 보내 줄 수는 없지."

검은 강아지는 나와 하얀 강아지에게 작게 말했다.

"싸우기엔 숫자가 너무 많아. 어떻게든 여길 빠져나가야겠어."

"응. 난 달리기는 자신 있어."

검은 강아지가 고갤 끄덕였다.

"그럼 넌 얘를 데리고 먼저 가. 내가 시간을 끌 테니까."

말이 끝나기 무섭게 검은 강아지는 커다란 강아지를 향해 달려들었다. 하얀 강아지가 날 물고 달리기 시작했다. 앞을 막아선 강아지 무리를 한 번에 뛰어넘은 하얀 강아지는 멈추지 않고 전속력으로 달렸다. 곳곳에 있는 나뭇가지와 바위 들이 하얀 강아지의 다리와 몸을 긁었지만 강아지는 계속해서 달렸다.

한참을 달려 산의 반대편 아래쪽에 도착한 우리는 그 자리에 멈췄다. 하얀 강아지는 한참 주변을 살핀 후 날 다시 바닥에 내려놓고 가쁜 숨을 몰아쉬었다.

"하아, 하아."

나도 주변을 살폈다. 혹시 다른 소리가 들리지 않는지 들어 보았다. 이 주변엔 우리 말곤 아무도 없는 듯했다.

"따돌린 것 같아."

"응."

숨을 몰아쉬던 하얀 강아지가 내 옆에 엎드리며 말했다.

"무사히 빠져나와서 다행이야."

"검은 강아지는 어떻게 됐을까?"

"괜찮을 거야. 잘은 모르지만, 쉽게 당할 녀석 같진 않았으니까. 우리가 도망치는 걸 보고 바로 도망쳤을 거야."

하얀 강아지의 말에 고개를 끄덕이긴 했지만 걱정이 됐다.

"근데 검은 강아지가 우리가 여기 있는지 어떻게 알지?"

"우린 코가 좋으니까, 냄새로 찾아올 수 있을 거야."

"응."

"일단 여기서 기다려 보자."

우린 커다란 나무 뒤에 몸을 숨기고 조용히 검은 강아지가 나타나길 기다렸다. 해가 곧 하늘의 꼭대기에 오르고, 산길을 지나다니는 사람들이 많아졌다. 무슨 소리가 들릴 때마다 하얀 강아지는 고개를 들고 주변을 살폈지만 검은 강아지는 나타나지 않았다.

주변을 경계하며 숨어 있는 동안 어느새 해가 저물고 하늘이 어두워졌다. 여전히 검은 강아지는 돌아오지 않았다.

"너무 오래 걸리는데."

"어떡하지? 무슨 일 생긴 건 아닐까?"

"조금만 더 기다려 보자."

우린 좀 더 기다려 봤지만, 검은 강아지는 나타나지 않았다.

"안 되겠어. 우리끼리라도 안전한 곳에 자릴 잡고 다시 찾아보든가 해야 할 것 같아."

하얀 강아지가 몸을 일으키며 말했다.

"그렇지만 여기서 멀어지면 더 찾기 어려워질 텐데. 만약 다치기라도 했다면 빨리 찾아서 치료를 해 줘야 할 거고."

내 말에 하얀 강아지는 고갤 끄덕이고 다시 바닥에 엎드렸다.

"그럼 어떡하지?"

뾰족한 방법이 없어 서로 얼굴만 쳐다보는데 멀리서 부스럭
소리가 들렸다. 하얀 강아지는 천으로 날 덮고 내 위에 엎드린
채 소리가 나는 방향을 쳐다봤다. 나뭇가지들이 흔들린다 싶더
니 검은 실루엣 하나가 나타났다. 우린 숨소리마저 죽이고 가만
히 그 실루엣만 바라봤다.

"여기 있었어?"

검은 강아지의 목소리에 나와 하얀 강아지는 반갑게 검은 강
아지를 맞이했다.

"무사했구나!"

"다친 덴 없어?"

"응, 난 괜찮아. 너희는 괜찮아?"

"응, 우리도 괜찮아. 다행이다."

우린 반가움에 서로 몸을 비볐다. 나와 강아지들 사이에 천 조
각이 있긴 했지만.

"아무래도 낮에는 위험해. 해가 뜨기 전에 얼른 안전한 곳으로
가자."

"괜찮겠어? 힘들지 않아?"

"응, 괜찮아."

검은 강아지가 웃으며 말해 우린 다시 산속을 걷기 시작했다.

혹시나 또 누가 나타나진 않을지 주변을 계속 살피며 산을 올라 시야가 적당히 트인 곳에 도착했다. 날 바닥에 내려놓은 두 강아지는 고개를 이리저리 돌려 주변을 살피고 날 보며 말했다.

"여긴 어때?"

"좋아."

내 말에 두 강아지 모두 웃었다.

"그럼 여기로 할까?"

몸을 일으켜 땅을 파는 자세를 취하는 하얀 강아지에게 검은 강아지가 말했다.

"잠깐, 햇볕이 들지 안 들지 모르니까 해가 뜨길 기다리자."

"아, 그러네."

우린 산 중턱에 누워 해가 뜨길 기다렸다. 많이 피곤했는지 검은 강아지는 어느새 잠이 들었고, 곧이어 하얀 강아지도 눈을 껌 뻑이다 잠들었다.

밤하늘을 올려다보니 지난 기억들이 떠올랐다. 멍하니 화분에서 살던 날들과 강아지들과 여행을 시작한 날. 함께 걸으며 한 이야기들과 나눠 먹던 음식과 물.

어쩐지 즐거운 기분이 들어 밤하늘을 보고 있으니 반짝이던 별들이 조금씩 희미해지고 하늘이 점점 밝아지기 시작했다. 눈을 감았다. 따뜻한 햇볕이 내 몸을 감싸는 게 느껴졌다.

"와, 여긴 햇볕이 아주 잘 들어."

어느새 눈을 뜬 검은 강아지가 말했다.

"그러네. 여기 어때? 이 정도면 괜찮아?"

"응, 아주 좋아."

내 말에 신난 듯 펄쩍 뛴 두 강아지는 누가 먼저랄 것도 없이 땅을 파려고 자세를 취했다.

"여기면 괜찮을까?"

"아니, 여기가 더 좋을 것 같은데?"

두 강아지의 말에 내가 대답하기 전, 갑자기 다른 목소리가 끼어들었다.

"너네 누구야? 여기서 뭐 해?"

어디선가 나타난 고양이 한 마리가 우릴 보며 소리쳤다.

"우린 지나가던 길이었는데, 이제 여기서 지낼까 하고."

"누구 마음대로?"

고양이는 잔뜩 화가 난 얼굴로 다시 소리쳤다.

"왜? 여기 있음 안 돼?"

하얀 강아지의 말에 고양이가 발톱을 드러내며 말했다.

"여긴 내 땅이야. 강아지가 두 마리나 있는 건 절대 안 돼."

"하지만……."

하얀 강아지는 날 한 번 보고 말을 이었다.

"우린 이 선인장을 지켜야 한단 말이야."

"그럼 선인장만 여기 두고 너넨 가든가."

두 강아지가 동시에 날 쳐다봤다. 내가 아무 말 못 하고 있자 검은 강아지가 고양이를 향해 말했다.

"선인장을 여기 혼자 두면 잘 살아가기 힘들지도 몰라. 얜 물도 필요할 거고, 누가 얠 공격할 수도 있고. 네가 안전한 고양이인지 아닌지도 잘 모르니까."

고양이가 인상을 찌푸리며 말했다.

"어차피 때가 되면 비가 올 테니까 물 걱정은 없을 거야. 쟤는 가시가 있으니 누가 공격하지도 않을 거고."

두 강아지는 다시 날 쳐다봤다.

"어떡하지?"

"여기서 혼자 지낼 수 있겠어?"

어제 밤새 떠올린, 두 강아지와 함께한 날들이 다시 떠올랐다.

"여긴 햇볕도 잘 들고 흙도 좋아 보이니까 이만한 데는 없을지도 몰라."

"하긴, 산 중턱이고 길이 나 있지도 않은 곳이니 지나다니는 사람도 거의 없을 테고, 저 고양이가 침입자들을 가만두지 않을 테니 안전할지도 몰라."

두 강아지는 서로의 얼굴을 보며 작게 고개를 끄덕였다.

"빨리 여기서 나가."

고양이가 재촉하듯 말했다.

"우리가 여기 잘 심어 줄게."

"가끔씩 꼭 찾아올게."

두 강아지가 슬픈 얼굴로 말했다. 분명 이곳이라면 살아가기에 나쁘지 않을지도 모른다. 햇볕도 잘 들고, 흙도 부드럽고 포근하다. 하지만 혼자 남고 싶지 않았다.

"다른 데로 가자."

"응?"

"우리가 다 같이 지낼 수 있는 곳으로 가자."

"여기보다 좋은 곳은 없을지도 몰라."

"이만한 자리가 없을 수도 있어."

둘의 말에 난 고개를 흔들었다.

"그래도 같이 있고 싶어."

내 말에 고민하던 검은 강아지가 말했다.

"그래, 그럼 같이 살 수 있는 곳으로 가자."

"좋아."

하얀 강아지도 고갤 끄덕였다.

"조금 더 올라가면 또 다른 좋은 곳이 나올 거야."

검은 강아지는 그렇게 말하고 천을 집어 물었다.

"그래. 준비됐어?"

"응."

하얀 강아지의 말에 대답하자 곧 검은 강아지가 날 천으로 덮은 뒤 물었다. 우린 다시 산을 오르기 시작했다. 걷는 속도는 점점 느려졌지만, 발걸음은 경쾌했다. 멀리 산 정상 너머 보이는 태양을 향해 우리는 즐겁게 계속해서 걸어 나갔다.

작가의 말

   소설을 쓰기 전 이야기를 구상하는 단계는 늘 즐겁지만, 막상 글을 쓰는 것은 그리 즐겁지만은 않다. 현실에 없는 일을 있는 것처럼, 사람들 대부분이 공감할 수 있게 쓰려다 보면 그만큼 생각할 것도 많고, 쓰고 있는 이야기에 빠져 있다 보면 내가 그 인물이 된 것처럼 힘들고 지치기도 한다. 그간 써 온 글들이 대부분 어둡고 차가운 이야기였던 탓도 있을 것이다. 범죄에 휘말리는 이야기나 분위기가 어두운 글 들을 쓰는 동안 그 분위기에 눌리고 있었는지도 모르겠다.

   열심히 준비하고 힘들게 쓴 글을 마무리한 이후, 여러 가지 이유로 한동안 글을 쓰지 못하고 있었다. 정확히는 다시 뭔가를 쓴다는 것이 막막하고 답답해 시작을 못 하고 있었다. 그러다 오랫동안 생각만 해 오던 이야기를 써 보자고 생각했고, 호두의 이야기가 시작됐다.

　호두의 이야기를 쓰는 동안은 그간 글을 쓸 때와는 조금 다른 감정이 들었다. 이야기 진행이 막힐 때나 진도가 잘 나가지 않을 때 답답하고 힘든 건 마찬가지였지만, 적어도 호두가 사는 곳에서 호두와 함께 이야기를 따라가는 일은 꽤나 즐겁고 편안했다. 호두에게 결코 유쾌하지만은 않은 일들이 계속해서 이어짐에도 불구하고.

　자극적인 이야기들이 하루가 멀다 하고 들려오는 요즘, 만만치 않게 자극적인 환경에 처한 호두가 마치 동화 속 인물들처럼 자신을 아끼고 배려해 주는 주변 사람들 속에서 조금씩 성장하고 한 발짝 앞으로 나아간 것처럼, 나 역시도 호두와 호두의 주변 인물들에게 위로를 얻고 한 발짝 나아갈 수 있었다.

　이 글을 읽는 독자분들께도 특별한 호두의 평범한 이야기가 조금의 휴식이나 작은 위로가 될 수 있기를 바란다.

| 특 | 별 | 한 | | 호 | 두 |

© 서동찬, 2023

초판 1쇄 발행일 | 2023년 11월 22일
초판 3쇄 발행일 | 2024년 5월 31일

지은이 | 서동찬
펴낸이 | 정은영
편　집 | 전유진 최찬미
디자인 | 박정은
마케팅 | 최금순 이언영 연병선 최문실 윤선애
제　작 | 홍동근

펴낸곳 | (주)자음과모음
출판등록 | 2001년 11월 28일 제2001-000259호
주　소 | 10881 경기도 파주시 회동길 325-20
전　화 | 편집부 (02)324-2347, 경영지원부 (02)325-6047
팩　스 | 편집부 (02)324-2348, 경영지원부 (02)2648-1311
이메일 | jamoteen@jamobook.com

ISBN 978-89-544-4976-2 (43810)